Sylke Tannhäuser, Jahrgang 1964, wurde in Leipzig geboren, wuchs in Zittau auf und kehrte nach dem Abitur nach Leipzig zurück. Sie hat Betriebswirtschaft und in einem zweiten Studium Verwaltungswirtschaft studiert. Sie schreibt vorwiegend Kriminalromane, aber auch Kurzgeschichten, die in verschiedenen Anthologien und Literaturzeitschriften erschienen sind. Mehrfach mit Preisen ausgezeichnet, hat sie mit ihren Kurzkrimis an den jährlich stattfindenden Ostdeutschen Krimitagen teilgenommen. »Leipzig im Sumpf« ist ihr erster Kriminalroman im Emons Verlag.

Dieses Buch ist ein Roman. Handlungen und Personen sind frei erfunden. Ähnlichkeiten mit lebenden oder toten Personen sind rein zufällig.

SYLKE TANNHÄUSER

Leipzig im Sumpf

KRIMINALROMAN

emons:

MIX
Papier aus verantwortungsvollen Quellen
FSC www.fsc.org
FSC® C083411

Umschlagmotiv: Heribert Stragholz
Umschlaggestaltung: Tobias Doetsch
Druck und Bindung: CPI – Clausen & Bosse, Leck
Printed in Germany 2011
ISBN 978-3-89705-809-5
Originalausgabe

Ein neuer Morgen – einzigartig,
und doch wird er wie alle sein – vergänglich.

EINS

Das Mädchen duckte sich in den Schatten des Hauseinganges, als wolle es mit dem Dunkel der Nacht verschmelzen. Sie verwünschte die weiße Jeansjacke, die sie trug. Die helle Farbe würde sie verraten. Hektisch zerrte sie am Reißverschluss. Sie wimmerte verzweifelt, als er sich verklemmte, doch gleich darauf hielt sie ängstlich den Atem an und lauschte. Die Schritte kamen näher. Es waren Männerschritte, hart und unerbittlich. Der Mann hatte keine Eile, er wusste, sie konnte ihm nicht entkommen. Er pfiff vor sich hin, sie kannte die Melodie. Ein Schlaflied, ein deutsches, von einem Schafe hütenden Vater und einer Mutter, die Traumbäume schüttelte. Unrealistisch schön, eine Illusion, ähnlich der, an die sie sich geklammert hatte, als sie mit Tante Katka und Onkel Sergej gegangen war. Wie dumm von ihr!

Doch hatte sie eine Wahl gehabt?

Aufgewachsen bei den Großeltern, kannte sie weder Vater noch Mutter. Sie war dennoch glücklich gewesen, ein unbeschwertes Kind. Dann starb der Großvater, kurz darauf Babuschka, und ihre Welt lag in Scherben.

Tante und Onkel hatten sie aufgenommen und überredet, gemeinsam mit ihnen die Heimat zu verlassen. Deutschland, das Ziel, das glückverheißende. Das Paradies, das für sie zur Hölle wurde.

Sie waren endlos weit gefahren, hatten Grenzen überquert. Meist hatte sie geschlafen. Irgendwann hatten sie die Stadt erreicht.

Leipzig! Bis hierher und nicht weiter, so des Onkels raue Stimme, als er sie aus dem Auto gezerrt hatte. Von Opfer hatte er gesprochen. Sie hatte es nicht kapiert und hilfesuchend einmal ihn, dann wieder die Tante angeschaut, hoffend, fragend. Sie hatte keine Antworten bekommen.

Der Onkel hatte sich abgewendet, für ihn war alles gesagt. Die Tante hatte geschluchzt und pausenlos ein zerknülltes Taschentuch an die Augen gepresst. Nichts sehen, nichts hören, nichts sagen.

Diese deutsche Stadt war ihr fremd. Sie erinnerte sich nur noch schwach, wie sie auf sie gewirkt hatte. Der staubige Geruch war das Einzige, das haften geblieben war. Und dieser Mann, in dessen Büro sie der Onkel geschoben hatte. Der erste Deutsche, den sie bis dahin gesehen hatte. Ein schmissiger, elegant gekleideter Herr mit akkuratem Scheitel hinter einem überladenen Schreibtisch. Sein Blick war taxierend an ihrem Körper auf und ab gewandert. Kurz darauf hatte er ohne Erklärung zum Telefonhörer gegriffen. Sie hatte sich darüber gewundert, sie war völlig arglos gewesen. Bis der Polizist gekommen war, sie beim Arm gegriffen und vor sich hin genuschelt hatte.

Kein Wort hatte sie verstanden. Sächsisches Kauderwelsch, ganz anders als das harte Deutsch der Großeltern.

Onkel und Tante waren weitergereist, in eine andere Stadt. Oder ans Ende der Welt, für sie machte es keinen Unterschied. Sie war plötzlich sich selbst überlassen gewesen.

Die Schritte waren jetzt ganz nah, sie zögerten und verharrten schließlich. Ihr Verfolger lauschte.

Sie konnte seinen Atem hören. Ihr Puls raste, das Herz hämmerte schmerzhaft gegen die Rippen, als wolle es jeden Moment herausspringen. Sie presste die Hand auf den Mund, um den aufkommenden Schrei zu unterdrücken, und duckte sich tiefer in die Ecke. Geh weg, betete sie lautlos, verschwinde um Himmels willen. Sie kniff die Augen zusammen, ganz fest, als könne sie damit den Fremden vertreiben. Aus den Augen, aus dem Sinn.

Der Stoß überraschte sie, dann kam der Schmerz. Er rollte über sie hinweg, zerfetzte sie und breitete sich wellenförmig im ganzen Körper aus. Erschrocken riss sie die Augen auf und starrte verwundert auf das Blut, das ihre Jacke färbte. Dann rutschte sie wie eine Puppe zusammen und kippte auf die Seite. Sie lag ganz still, unfähig, sich zu rühren. Allmählich begriff sie, es war vorbei.

Plötzlich fühlte sie nichts mehr, keinen Schmerz, keine Trauer. Die Wange an die steinerne Schwelle gepresst, sah sie regungslos zu, wie ihr Blut eine Pfütze bildete. Ihr wurde kalt, das Atmen fiel schwer. Ihr letzter Gedanke galt Nadja, der Freundin. Sie musste sie warnen! Dann versank sie im Dunkel.

ZWEI

Oberkommissar Heine, genannt Henne, riss gut gelaunt die Bürotür auf. »Ein wunderschöner Morgen, mein Lieber, gut geschlafen?«

Hagen Leonhardt, seit Jahren Hennes Assistent, füllte einen Pott mit Kaffee und balancierte ihn auf Hennes Schreibtisch. »Ich würde dir deine Hochstimmung ja gönnen ...«

»Zu Recht, Hagen, zu Recht. Haben wir doch den Raubüberfall gestern endlich abgeschlossen. Nicht zuletzt dank deiner Umsicht, du hast dich wacker geschlagen. Jetzt zieht hoffentlich ein wenig Ruhe ein.«

»Da muss ich dich leider enttäuschen.«

Henne nahm einen Schluck, verbrannte sich die Zunge und hustete. Anklagend schaute er zu Leonhardt hinüber. Er registrierte dessen gespannten Blick, die zuckenden Mundwinkel. Ein sicheres Zeichen. Weiß der Himmel, wo der Junge so viel Energie hernahm, der vibrierte ja förmlich.

»Schieß schon los!«, seufzte er und schlürfte mit gespitzten Lippen einen weiteren Schluck.

»Meldung vom Revier Mitte: Schillerstraße fünf, Leichenfund.« Leonhardt holte tief Luft und machte eine kurze Pause. Ein wenig ruhiger fuhr er dann fort: »Ein Hausbewohner hat sie entdeckt, morgens, als er das Haus verlassen wollte. Sie lag direkt vor der Tür. Weiblich, kaum älter als achtzehn, vielleicht auch jünger, die Identität steht noch nicht fest. Keine Papiere, weder Ausweis noch Krankenkarte, nicht einmal ein Handy.«

»Verdammt!«

»Revierleiter Mayer hat den Mann vernommen. Er schickt den Bericht rüber.«

»Soll er, wir sehen uns trotzdem vor Ort um. Ich hoffe, Mayers Leute haben umsichtig gehandelt.«

»Die wissen Bescheid, das sind keine Anfänger. Allem Anschein nach wurde die Kleine ermordet. Messerstich. Die Kollegen haben den Tatort gesichert, die Spurensuche ist schon dort.«

»Dann nichts wie hinterher!«

Hennes Kaffee blieb unbeachtet auf dem Schreibtisch zurück. An anderen Tagen hätte er sich darüber geärgert. Heute jedoch konnte ihm nichts die Laune verderben, weder ein fehlender Kaffee noch eine Leiche.

Erika, seine Ex, mit der er wieder zusammen war, hatte ihm gestern einen besonders schönen Abend bereitet. Sehr stilvoll, sehr gemütlich. Nichts hatte zu seinem Glück gefehlt. Selbst Dschingis Khan, die Dogge, Mitbringsel von Erikas Aussteigerurlaub, wie er es nannte, hatte sie in Ruhe gelassen. Es war perfekt, so liebte er das Leben.

Mit langen Schritten durchmaß er die Eingangshalle der Polizeidirektion, den Blick starr auf das Eingangsportal gerichtet, damit er Gitta, die altgediente Telefonistin, nicht sehen musste. Ihr Anblick, genauer gesagt der ihrer heutigen Kunsthaarfrisur, hoch aufgetürmt und dazu in leuchtendem Grün, hatte ihn bereits beim Betreten der Dienststelle zum Lachen gereizt. Fast wäre ihm die Frage herausgerutscht, ob ihre Haare nachts ohne sie eine Party feiern würden, doch im letzten Augenblick hatte er sich beherrscht. Gitta verstand in dieser Beziehung keinen Spaß.

Sie liebte ihre ausgefallenen Perücken mehr als alles andere auf der Welt.

»Hast du das Diensthandy mit?«, wollte Leonhardt wissen.

Henne tastete nach der Jackentasche. »Mist, vergessen.«

»Ich hole es.«

»Vergiss das blöde Ding. Ich habe mein eigenes, das reicht.«

»Aber Schuster!«

Der Polizeidirektor hatte angeordnet, alle Kommissare hätten ein Diensthandy bei sich zu führen. Seit sich herausgestellt hatte, dass ein Kollege, statt zu arbeiten, permanent blaugemacht hatte, wollte er sie jederzeit erreichen können.

»Später«, fiel ihm Henne ins Wort und setzte beschwichtigend hinzu: »Ich werde es ihm erklären, wenn er fragen sollte.«

Insgeheim hoffte er, Schuster wäre zu beschäftigt, um an diesem Tag ausgerechnet nach ihm zu rufen. Er hatte einen Todesfall aufzuklären, und das dürfte sich bis zum Alten herumgesprochen haben. Henne vermied es bewusst, an Mord zu denken. Das stand erst fest, wenn es eindeutige Indizien gab.

Die Schillerstraße war schmal und beinah unscheinbar, auf einer Seite von einer durchgehenden Häuserfront begrenzt, auf der anderen von einem kleinen Park, der sich den Stadtring entlangzog. Eine Straße wie unzählige andere in der ehrwürdigen Altstadt und zu dieser frühen Stunde normalerweise nur mäßig bevölkert. Doch heute war das anders.

Als Henne den Menschenauflauf vor Haus Nummer fünf sah, verbannte er Schuster und Gitta nebst ihren Perücken aus seinen Gedanken.

»Treten Sie beiseite!«, polterte er in die Menge und drängelte sich zu den rot-weiß gestreiften Absperrbändern vor. Es bereitete ihm wenig Mühe, die Leute wichen vor ihm zurück. So war es immer. Die dunkle Haut, die Narbe, die seit einem Unfall die linke Seite seines Gesichts teilte, dazu seine Größe von fast zwei Metern flößten den Menschen Angst ein. Er wirkte grimmig wie ein Südseepirat, und der Schnauzer nebst Kinnbart, den er sich zugelegt hatte, um von der dicken roten Narbe abzulenken, verstärkte den Eindruck noch.

Er schlüpfte unter dem Absperrband hindurch und zückte den Dienstausweis.

Die Blutlache war noch nicht zu einer dunklen Kruste erstarrt. Obwohl ihn ihr Anblick schaudern ließ, konnte er sich nur schwer abwenden. Auch das wie immer. Die Botschaft der Toten stieß ihn ab und zog ihn zugleich an. Er hatte sich oft gefragt, warum er ausgerechnet Polizist geworden war. Vielleicht war das die Antwort.

Er musterte die Markierung, die die Lage der Leiche kennzeichnete. »Eine ziemlich kleine Person«, wandte er sich an den nächststehenden Polizisten.

Der hob ausweichend die Schultern. »Ich habe sie nicht gesehen. Soviel ich weiß, wurde sie bereits in die Rechtsmedizin überführt.«

»Ist hier jemand von Anfang an dabei?«

Allgemeines Kopfschütteln. Die Beamten waren erst nachträglich an den Tatort gekommen. Die Erstaufnahme war längst Geschichte. Schichtwechsel, meinte einer. Auf Mayers Anweisung.

»Scheiße, der Mayer hat sie wohl nicht alle. Mord und Feierabend! Wo gibt's denn so etwas!« Henne schimpfte, doch er wusste, es half nichts. In diesem Revier hatte allein Mayer das Sagen, ob es ihm passte oder nicht.

»Lass mal«, beruhigte ihn Leonhardt. »Ich kümmere mich um die Namen der Kollegen. Die können wir später befragen.«

Henne massierte seine Narbe. Sie schmerzte. Das tat sie dummerweise oft. Stressbedingt, hatte Doktor Kienmann gesagt.

Mürrisch stapfte er zur Haustür, darauf bedacht, nicht in das Blut zu treten.

»Ein Mord, hä?«, nuschelte ein erschreckend dürrer Kerl, der sich wie eine Klette an seine Fersen geklebt hatte.

Henne fuhr herum. Der Dürre nestelte an der ausladenden Kamera, die ihm auf der Brust baumelte. Seine Blicke huschten neugierig umher.

»Lassen Sie das«, murrte Leonhardt und drängte ihn beiseite.

»Eh, was soll das? Ich bin ein freier Mann in einem freien Land. Da wird man doch wohl Fotos machen dürfen.«

Leonhardt schob den Dürren weiter, aber Henne war schneller und rammte seinen Ellenbogen in die Magengrube des Mannes. Ehe er zusammenklappen konnte, stieß ihn Henne hinter das Absperrband. »Kleiner Tipp unter Freunden: Wenn man keine Ahnung hat, einfach mal die Schnauze halten!«

Der Dürre spuckte ihm wütend hinterher, doch niemand kümmerte sich darum. Henne war längst weitergegangen und umschiffte die Kollegen von der Spurensicherung, die ihre Ausrüstung zusammenpackten.

»Musste das sein?«, fragte Leonhardt anklagend.

»Der Typ? Selbst schuld, wenn er mir in den Weg kommt.«

»Wir sind die Guten, vergiss das nicht.«

Henne schloss für einen kurzen Moment genervt die Augen. »Okay, ich merke es mir.« Dann wandte er sich an die Polizisten, die still in sich hineingrinsten. »Schickt den Bericht direkt an mich.«

»Geht klar, Chef«, sagte einer von ihnen.

»Witzbold«, konterte Henne und schob sich, gefolgt von Leonhardt, durch die Haustür.

Im Flur warteten die Hausbewohner, neugierig-ängstlich zusammengerückt, nichts wissend und alles vermutend.

»Liegt sie noch dort?«, fragte eine Frau mittleren Alters und zeigte auf die Tür nach draußen. Ihre Stimme zitterte, ihre Hände auch. Sie verkrampfte sie ineinander, als könne sie ihr Zittern auf diese Art verhindern.

»Gehen Sie in Ihre Wohnungen. Ich melde mich bei Ihnen. Bitte, machen Sie schon!« Henne drängte die Leute zurück. Widerstrebend wandten sie sich der Treppe zu.

»Du passt auf!«, befahl er Leonhardt und musterte die Schilder der Briefkästen, die exakt ausgerichtet neben der Hauseingangstür in die Mauer eingelassen waren.

Leonhardt nickte stumm und bezog Stellung. Henne notierte derweil die Namen, die auf den Briefkästen standen. Später wollte er sie durch die Meldebehörde überprüfen lassen.

Als das Klappen der Türen zeigte, dass die Hausbewohner in ihren Wohnungen verschwunden waren, setzte er sich in Bewegung.

Die mit dunkelgrünem Teppich bespannte Treppe dämpfte seine Schritte. Die ersten zwei Geschosse des Gründerzeithauses waren in Büroräume aufgeteilt. Eine Werbefirma, ein Fotostudio, die Marktforschung.

Er legte ein Ohr an die massiven Holztüren und lauschte. Stille. Zu früh für die Leute, die hier arbeiten mochten. Vor neun schien hier keiner zu erscheinen.

Er stieg weiter hinauf. Die Holzpaneele, die sich bis in Mannshöhe treppauf die Wände entlangzogen, und das kunstvoll gedrechselte Treppengeländer wiesen kein Stäubchen auf. Die Bewohner waren wohl auf Zack, oder es gab einen eifrigen Hausmeister.

Überhaupt erinnerte ihn das Haus an das seiner Großeltern. Die Mutter seiner Mutter hatte ebenfalls peinlich für Ordnung gesorgt, nur dass es damals ständig nach Bohnerwachs und Sauerkraut gerochen hatte. Damit hatte die Schillerstraße nichts gemein. Hier atmete alles gediegene Eleganz. Gutbürgerliche Idylle, die durch den Mord brutal zerrissen war.

Er las das goldglänzende Namensschild in der dritten Etage und klingelte. Ein Mann öffnete, kaum dass Hennes Finger den Klingelknopf berührt hatte.

Überrascht zog Henne seine Hand zurück. »Dr. Naumann? Gert Naumann?«

Der Mann nickte. »Sind Sie wirklich von der Kripo?«

Henne zeigte ihm seinen Ausweis. »Oberkommissar Heine. Heinrich Heine, wie der große Dichter. Allerdings halte ich es weniger mit Dichtung, sondern mehr mit der Wahrheit.«

»Nichts für ungut«, entschuldigte sich Naumann, »man weiß ja nie, wen man vor sich hat. Kommen Sie herein.«

Ein fester Händedruck folgte. Naumann, von schmächtiger Statur, musste den Kopf in den Nacken legen, um zu Henne aufzusehen. Es schien ihm nichts auszumachen. Ein Umstand, der ihm einen Pluspunkt eintrug. Henne mochte Menschen, die sich nicht einschüchtern ließen.

»Ich habe nicht das Geringste mitbekommen«, sagte Naumann, noch ehe er fragen konnte. »Nichts gehört, nichts gesehen.«

»Aha.«

»Gestern bin ich zeitig zu Bett gegangen, gleich nach neun. Es war ein anstrengender Tag für mich.«

»Sie sind Arzt?«

»Psychologe.«

Henne folgte Naumann den Korridor entlang. Er zählte fünf Türen. »Sie haben eine große Wohnung. Familie?«

»Ich lebe allein. Zwei der Räume nutze ich beruflich. Die meisten Privatpatienten wollen nicht in der Praxis gesehen werden.«

Henne nickte verstehend. Er selbst drückte sich vor Arztbesuchen, wo immer er konnte.

»Ich nehme an, niemand kann bezeugen, wo Sie zur mutmaßlichen Tatzeit waren. Sagen wir, zwischen null und vier Uhr.«

Naumann hob bedauernd die Hände. »Wie ich schon sagte, ich lebe allein.«

»Was, denken Sie, ist vor dem Haus passiert? Als Psychologe, meine ich.«

Naumann schaltete die Deckenlampe ein und wies auf die Sitzgruppe am Fenster. Eiche antik, wuchtig und viel zu groß für den kleinen Mann. Nachdem Henne in einem der schweren Ledersessel versunken war, nahm auch Naumann Platz.

»Schwer zu sagen. Natürlich habe ich mir Gedanken gemacht, so wie alle hier wahrscheinlich.«

»Und?« Henne rutschte ein wenig zur Seite, ein Stück nach vorn, dann wieder zurück. Vergebens. Das Ungetüm von Sessel ließ nur eine unbequeme Sitzposition zu. Die Knie gefährlich nah am Kopf versuchte er, einen möglichst intelligenten Eindruck zu machen.

Naumann schien von Hennes Problem nichts mitzubekommen. »Soweit ich weiß, soll die Tote eine junge Frau sein. Hier wohnen nur Leute wie ich. Mittleres Alter, gut situiert. Professor Petter über mir, dann Frau Merkwitz-Murner, eine Beamtenwitwe, und daneben die Eheleute Niemschat. Weinhändler, ziemlich bekannt. Ganz oben die Familien Graf, Brause und Münchenberg. Ich hab die Tote nicht gesehen, aber schon aufgrund ihrer Jugend hat sie nicht hierher gehört. Ein Zufall mag sie ausgerechnet vor diesem Haus erwischt haben. Vielleicht ein Streit, der eskaliert ist, unbeabsichtigt, irgendwie aus dem Ruder gelaufen.«

»Möglich«, räumte Henne ein. »Wir wissen noch nichts über das Mädel. Haben Sie vielleicht weitere Theorien? Ich bin für jede Meinung dankbar.«

Naumann machte eine Handbewegung, die alles oder nichts ausdrücken konnte. »Ein zielgerichteter Mord, eiskalt geplant, genau hier durchgeführt, um vom sonstigen Milieu des Mädchens abzulenken. Oder der Täter hat sie woanders getötet und später unten abgelegt, um Spuren zu verwischen. Was auch immer! Erst wenn man weiß, wer das Opfer war, machen solche Gedanken Sinn.«

»Glauben Sie, jemand schleppt eine blutbesudelte Leiche mit sich herum? Immer in der Gefahr, entdeckt zu werden?«

»Es gibt Typen«, Naumann zog eine angewiderte Grimasse, »das können Sie sich nicht vorstellen!«

Henne konnte, behielt das jedoch für sich.

»Vernunft oder das, was man normalerweise darunter versteht, zählt nicht unbedingt zu den ausgeprägten Eigenschaften eines Mörders«, fuhr Naumann fort. »Die menschliche Psyche ist äußerst facettenreich. Mich wundert nichts mehr.«

»Sie sagten, das Mädchen gehöre nicht hierher. Was ist mit der Marktforschung? In solchen Instituten jobben eine Menge junger Leute. Studenten, die sich ein paar Euro dazuverdienen wollen.«

»Die Marktforschung!« Naumann rümpfte die Nase. Plötzlich erinnerte er Henne an einen Igel, der in der Dämmerung Beute witterte.

»Sie zweifeln?«

»Die Leute waren mir von Anfang an suspekt. Sind praktisch über Nacht eingezogen, vor einem halben Jahr etwa. Ich kenne sie nicht einmal. Soweit ich das beurteilen kann, hat sie auch noch kein anderer Mieter zu Gesicht bekommen. Die haben das Firmenschild angebracht, und das war es dann auch schon.«

»Hm.«

»Das ist doch komisch, oder? Jeder vernünftige Mensch stellt sich seinen Nachbarn vor!«

Hast du eine Ahnung, dachte Henne. Das mag vielleicht früher so gewesen sein, vor dem Mauerfall. Zeiten, in denen das neugierig-nachbarschaftliche Miteinander im Interesse des sozialistischen Regimes lag und linientreue Staatsbürger sich dessen würdig zu erweisen hatten. Hausbücher führten, zum Beispiel. Eine von vielen Maßnahmen, um hinter verschlossene Wohnungstüren zu schielen.

»Falls Ihnen noch etwas einfällt ...« Er reichte Naumann seine Visitenkarte. »Sie können mich jederzeit anrufen. Jede Kleinigkeit kann wichtig sein.«

Naumann legte die Karte achtlos auf den Tisch und begleitete ihn zur Tür. »Versuchen Sie es mal bei Petter, eine Treppe nach oben.«

»Warum sagen Sie das?«

»Er hat die Tote gefunden, das hat er allen erzählt.«

Eine Etage höher musste Henne mehrmals klingeln. Professor Petter ließ sich Zeit. Als er öffnete, fielen dem Kommissar zuerst die rot geränderten Augen auf. Petter starrte abwechselnd auf Hennes Dienstausweis und sein Gesicht, als wolle er nicht glauben, dass Henne tatsächlich der Polizei angehörte.

»Ich habe schon alles zu Protokoll gegeben«, rang er sich schließlich ab.

»Selbstverständlich, ich hätte gern …«

»Egal, was Sie wollen, fragen Sie Ihren Kollegen vom Revier. Ich bin müde, erschöpft.«

»Ich verstehe, dass Sie eine solche Sache mitnimmt …«

»Das glaube ich Ihnen nicht«, schnarrte Petter. Seine Stimme kippte. »Sie haben täglich mit Toten zu tun, das ist Ihr Job. Ich hingegen bin Künstler, Musiker und sensibel dazu. Ständig hab ich den verkrümmten Körper vor Augen, das Blut. Ich halte es nicht mehr aus. Lassen Sie mich in Ruhe!« Mit einem dumpfen Laut krachte die Tür ins Schloss. Augenblicklich landete Hennes Zeigefinger erneut auf dem Klingelknopf.

Petter riss die Tür auf, als trüge sie die Schuld, dass er von diesem Riesen von Kommissar belästigt wurde.

»Was denn noch?«

»Sie sind für mich sehr wichtig.«

»Aber ich habe doch schon …«

»Trotzdem! Wenn Sie kooperieren, haben Sie es schneller hinter sich.«

Petter schluckte. Sein Adamsapfel hüpfte, als ob er aus dem geschwollenen Hals kollern wollte. Schilddrüse, mutmaßte Henne und tippte auf Überfunktion. »Wollen wir nicht lieber hineingehen, oder soll das ganze Haus unsere Unterhaltung mitbekommen?«

Widerwillig rückte Petter zur Seite. Er machte sich nicht die Mühe, Henne ins Wohnzimmer zu bitten, sondern blieb mit ineinander verschränkten Armen im Flur stehen.

Henne registrierte helle Möbel vor dunkelgrün getünchten Wänden. Neben einem überdimensionalen Spiegel war ein Cello aufgebockt, daneben ein Notenständer und in der Ecke ein Cembalo, darüber goldgerahmte Auszüge aus Partituren. Er trat näher, entzifferte Weber, Mozart, Bruckner.

»Wunderbare Musik.« Er deutete auf die Notenzeilen zu einer Rhapsodie von Debussy.

»Was verstehen Sie schon davon.« Petter schürzte die Lippen. Sein Blick sprach Bände.

»Sie werden es kaum glauben, aber ich tanze weder mit einem Voodoozauberer ums Feuer, noch jage ich Leoparden. Ich habe die Rhapsodie bereits selbst auf meinem Saxophon gespielt.«

Petter zwinkerte verunsichert. Sein Adamsapfel stieg auf und ab.

»Vielleicht erzählen Sie einfach, was sich heute Morgen zugetragen hat?«, schlug Henne versöhnlich vor.

»Einfach! Als wenn es das wäre!« Erneutes Schlucken samt Adamsapfeltanz.

Henne wartete. Als die Stille drückend wurde, raffte sich Petter auf. »Es war wie immer, zumindest bis ich das Haus verlassen wollte. Ich stehe gegen vier Uhr auf.«

»Ziemlich früh.«

»Danach habe ich mich fertig gemacht«, ignorierte Petter den Einwand. »Zähne putzen, waschen, das Übliche. Ich wollte in den Johannapark. Joggen, wissen Sie? Mein Ausgleich, ich laufe jeden Tag, bei Wind und Wetter, immer bis zum Scheibenholz und zurück.«

Beifallheischend suchte er Hennes Blick. Als der nicht reagierte, erzählte er verschnupft weiter: »Ich habe mir also meine Sportsachen angezogen, die langen. Es hatte nachts geregnet, es war ziemlich kühl. Dann bin ich hinuntergegangen.«

Petter nestelte ein Taschentuch hervor und schnäuzte sich. Seine bebenden Hände verhinderten jeden Versuch, das Tuch zurück in die Hosentasche zu befördern.

»Haben Sie irgendetwas gehört? Geräusche?«

»Um diese Zeit ist das Haus ganz still. Wie eine Gruft, es erdrückt mich manchmal, auch wenn ich gern hier wohne.«

Henne ahnte, was Petter meinte.

»Ich habe die Haustür aufgeschlossen. Im ersten Moment habe ich die Frau nicht einmal bemerkt«, setzte Petter hinzu. »Ich war abgelenkt, ich habe noch in der halb geöffneten Tür meinen Schlüssel in der Jackentasche verstaut, der inneren, die mit dem Knopf. Das ist sicherer, so kann ich ihn nicht verlieren. Es dauerte einen Augenblick, meine Finger waren noch etwas steif. Der Knopf wollte sich nicht schließen lassen.«

»Kenne ich«, warf Henne ein und nickte ermunternd.

Petter versuchte ein Lächeln, es misslang kläglich. »Als die Tür hinter mir zufiel, hab ich es gerochen. Das Blut, so süßlich, unangenehm. Da lag sie dann. Ich wäre fast über sie gestolpert.«

»Kannten Sie die Tote?«

Petter schüttelte den Kopf. Das Taschentuch wanderte in die rechte Hand, zurück in die linke. Rechts, links – rechts, links. Henne fragte sich, wie lange der dünne Stoff den nervösen Händen standhalten mochte.

»Sie sah so kindlich aus, so verletzlich. Aber das alles habe ich bereits …« Wieder drohte Petters Stimme ins Falsett abzugleiten.

Mehr war aus ihm nicht herauszubekommen. Er gab sich keine Mühe, die Erleichterung zu verbergen, als Henne zur Klinke griff und sagte: »Sie wissen ja, wo Sie mich finden.«

»Gewiss«, kam die Antwort. Petter beeilte sich, die Tür hinter Henne zu schließen. Der Schlüssel drehte sich genau dreimal.

Der Kommissar stieg langsam die Treppe hinauf zur nächsten Wohnung, während er konstatierte, Professor Ulf Petter braucht Hilfe, und zwar professionelle. Ein Psychologe musste her, und er wusste auch schon, wer dafür besonders geeignet war.

Die Befragung der übrigen Hausbewohner ergab nichts Neues. Sobald Henne ein Foto des toten Mädchens hatte, wollte er wiederkommen. Wider besseres Wissen klammerte er sich an die Hoffnung, dass irgendjemand sie erkennen würde.

Hagen Leonhardt hatte indessen die ankommenden Mitarbeiter der Werbefirma und den Fotografen vernommen. Eine Formsache und wie erwartet ohne aufklärendes Ergebnis. Die Werbefritzen hatten gemeinsam am frühen Abend das Haus verlassen und dann bis in die Morgenstunden einen Großauftrag begossen. Es war hoch hergegangen auf der Party, jedenfalls hatten sie nicht mehr die Kraft gehabt, nach Hause zu gehen, sondern gleich im Hotel übernachtet. Leonhardt ließ sich vorsorglich die Rechnungen zeigen.

Der Fotograf, ein älterer Mann, dessen betont jugendliche Kleidung, ergänzt durch einen doppelt um den Hals gewundenen rosafarbenen Schal, lächerlich wirkte, konnte ein ebenso gutes Alibi vorweisen. Zwei Tage lang auswärts, ein Fotografentreffen, gekrönt durch zahlreiche Models und großen Presserummel. Namen fielen, Leonhardt kannte keinen davon. Gekränkt hatte der Fotograf die Arme verschränkt und geschwiegen. Dass er Leonhardt für einen Banausen hielt, war offensichtlich.

Zurück im Büro griff Henne zum Telefon. Leonhardt entsorgte wortlos den kalt gewordenen Kaffee und füllte die Tasse aus der Thermoskanne auf. Henne quittierte es mit einem dankbaren Blick, während er in den Hörer lauschte. Was er hörte, gefiel ihm, denn als er auflegte, war er sichtlich zufrieden.

»Na?«, fragte Leonhardt neugierig.

»Die Fotos sind fertig. Hüpf mal in die Spurensicherung.«

Kaum hatte Leonhardt das Zimmer verlassen, trat Henne ans Fenster und schaute hinaus. Der Himmel sah wieder nach Regen aus. Dicke Wolken zogen wie dickbäuchige Piratenschiffe dahin. Regensommer, zu kalt für die Jahreszeit. Die Bauern bangten um das Korn. Es war fraglich, ob es überhaupt eine Ernte geben würde. Die Brotpreise würden steigen.

Das Scheppern des Telefons riss ihn aus seinen Grübeleien. Die Rechtsmedizin, ob er kommen wolle. Er wollte, heftete eine Nachricht an die Tür und eilte nach unten.

Gitta zwinkerte ihm zu, er übersah es. Sie zog einen Schmollmund, zupfte beleidigt eine der grünen Strähnen zurecht und beschloss, den nächsten aufgebrachten Anrufer direkt zu ihm durchzustellen. Auch ein Oberkommissar hatte sie zu beachten, zumal sie faktisch eine Institution war, seit Jahren im Dienst. Mindestens so lange wie dieser vernarbte Brummbär, dieser Halbafrikaner. Wenn sie sich recht erinnerte, war Hennes dunkle Hautfarbe das Erbe eines äthiopischen Vaters. Oder eines Ägypters? Egal, jedenfalls mangelte es dem Kerl entschieden an gutem Benehmen.

Henne erwog, zu Fuß zu gehen. Das Rechtsmedizinische Institut lag nur fünfzehn Minuten entfernt, Bewegung würde ihm guttun, seinem Bauchansatz ebenfalls.

Ein Blick in den Himmel änderte jedoch seine Meinung. Die Piratenschiffe stauten sich und verschmolzen zu einer tief hängenden schwarzen Decke. Sie vermittelten eine trübe Untergangsstimmung, die mehr als einen normalen Regenguss erahnen ließ.

Er bog um die Ecke, wo er dank einer glücklichen Fügung am Morgen einen Parkplatz ergattert hatte. Als er in den Ford stieg, hämmerten die ersten Tropfen aufs Dach. Keine zwei Kreuzungen weiter brach sich das Unwetter mit voller Gewalt Bahn. Die Scheibenwischer liefen auf Hochtouren, trotzdem sah er kaum mehr als eine graue Wand vor sich. Er war froh, als er vor der Rechtsmedizin ohne Schaden zum Stehen kam. Die wenigen Meter vom Bordstein bis zur Tür reichten, um ihn völlig zu durchnässen.

Doktor Schemkeler erwartete ihn bereits. Schemkeler war erst ein knappes Jahr dabei. Ein Neuling, verglichen mit seinen Kollegen, doch im Gegensatz zu ihnen hatte er innerhalb kürzerster Zeit einen Draht zu Henne gefunden. Er hatte weder den gewohnten ärztlichen Dünkel, noch war er von extremem Ehrgeiz besessen. Das machte ihn Henne sympathisch.

»Mundschutz?«, fragte Schemkeler und reichte Henne zusätzlich einen Kittel. Henne lehnte beides ab. Schemkeler schüttelte missbilligend den Kopf, enthielt sich jedoch jeglicher Kritik.

Im Obduktionsraum war es kühl, trotz der Nässe behielt Henne die Jacke an. Ihn fröstelte, vielleicht lag es auch an dem eigentümlichen Geruch, einer Mischung aus Blut, Ausscheidungen und Desinfektionsmitteln. Daran würde er sich sein Lebtag nicht gewöhnen.

Er musterte die Leiche. Petter hatte recht, das Mädel sah sehr jung aus, wie ein Teenager.

»Weiblich, eins vierundfünfzig, achtzehn oder neunzehn Jahre«, dozierte der Doktor, begleitet vom einvernehmlichen Nicken des zweiten Obduzierenden. Henne kannte Kritzel seit Jahren. Mehr als ein Nicken hatte er von ihm noch nie gesehen.

»Ich korrigiere«, sagte Schemkeler. »Mindestalter zwanzig.«

Doch älter als angenommen.

»Organisch gesund, Allgemeinzustand altersgemäß. Keine Vergewaltigung, keine Abwehrspuren.«

Hennes Blick verharrte auf dem Gesicht. Dunkelbraune Locken über blasser Haut. Die Augen, braun und glanzlos, halb geöffnet. Der Mund ebenfalls, gleichmäßige weiße Zähne. Das Mädchen war hübsch, sehr sogar.

»Schauen Sie!« Schemkeler deutete auf die spaltförmige Stichwunde in dem ansonsten makellosen Bauch. Er schaltete das Diktiergerät ein und griff zur Säge. »Ich beginne mit der Obduktion.«

Henne starrte auf die Wunde, dann den Brustkorb. Die monotone Stimme des Doktors half ihm, die aufkommende Übelkeit herunterzuschlucken.

»Stichwunde im Oberbauch, penetrierende Verletzung. Öffnung des Brustkorbes rechts, komplette Durchtrennung des Ramus circumflexus der linken Kranzarterie.«

Schemkeler arbeitete sich systematisch vor, Knochen knackten. Der Assistent, ein junger Mann, der sich noch in der Ausbildung befand und dessen Blicke zwischen Schemkeler und Kritzel hin und her wanderten, wurde kalkweiß.

»Nachweis von knapp einem halben Liter Blut in der linken Brusthöhle, filmartige Blutauflagerungen im Bauchraum.«

Beim Blick auf den Jungen, dessen Gesicht mittlerweile eine grünliche Färbung angenommen hatte, revoltierte Hennes Magen plötzlich, und er beschloss, draußen zu warten.

Im Vorraum war es wesentlich wärmer. Er hängte seine Jacke über die Heizung und wanderte auf und ab. Allmählich verflog die Starre, die von ihm Besitz ergriffen hatte. Ein Kaffee aus dem Automaten trug ein Übriges dazu bei und trieb ihm die letzte Kälte aus den Knochen. Zum Glück hatte auch der Regen aufgehört. Henne hegte berechtigte Hoffnung, auf dem Rückweg trocken zu bleiben. Vielleicht konnte er vor Erika verbergen, dass er aufgeweicht worden war. Sie hasste es, wenn Jeans Regenränder hatten.

Eine gute Stunde später schob ihm Schemkeler den vorläufigen Obduktionsbericht zu.

»Die Stichverletzung stammt von einem scharfen Instrument, wahrscheinlich ein Messer, mit mittlerer bis großer Kraft geführt. Die Eingeweide sind deutlich eingeblutet. Ein Zeichen, dass das Opfer bis dahin noch gelebt hat. Der Tod ist kurze Zeit nach dem Einstich eingetreten, schätzungsweise zwischen null und zwei Uhr nachts. Todesursache hypovolämischer Schock, also massiver Blutverlust. Wissen Sie, wer die Tote ist?«

»Noch nicht.«

»Ein junges Mädchen sollte zu identifizieren sein.«

»Die Beschreibung passt auf die halbe Stadt«, gab Henne zu bedenken.

»Histologische und diverse DNA-Untersuchungen bringen uns vielleicht weiter. Ich werde das Nötige veranlassen.«

»Was ist mit ihren Sachen? Kleidung und Ähnlichem?«

»Auch das wird untersucht. Ich rufe Sie an, sobald ich Näheres weiß.«

Henne dankte und wandte sich zum Gehen.

»Eines noch«, hielt ihn Schemkeler zurück. »Der Eckzahn im

linken Oberkiefer ist mit Gold überzogen, meines Erachtens osteuropäisch.«

Henne beschloss, sich ein ordentliches Mittagessen zu gönnen. In der Kantine im Erdgeschoss des Dienstgebäudes saß Leonhardt bereits neben Kienmann, dem Polizeiarzt, und säbelte an einem Schnitzel herum. Dem angestrengten Gesichtsausdruck nach zu urteilen, musste das Fleisch aus Hartgummi sein.

»Hier, lies mal.« Henne zog den Obduktionsbericht aus der Tasche und hielt ihn Kienmann hin.

»Ich hab schon von deinem neuen Fall gehört.« Kienmann überflog die Seiten. »Eine Schande! Wie kann ein Mensch in einer Stadt, in der angeblich das Leben brummt, einfach so niedergestochen werden und verbluten? Wo war denn die Polizei?«

»Kein Geld«, meinte Leonhardt und gab den Kampf gegen das Schnitzel auf. »Der Streifendienst wurde vor einem Jahr eingeschränkt.«

»Minimiert«, brummte Henne.

Kienmann schaute betrübt. »Das arme Ding.«

Er hatte eine Tochter im gleichen Alter und sorgte sich jedes Mal, wenn sie und ihre Freundinnen durch das Leipziger Nachtleben zogen. Lebenslustig und unbekümmert, jugendgemäß.

Tolerant solle er sein, forderte das Mädel. Wer hatte noch mal gesagt, Toleranz ist der Verdacht, der andere hat recht? Nun, dann war er eben intolerant. Hennes neuer Fall war keineswegs dazu angetan, der Tochter samt Freundinnen zuzustimmen.

»Sie muss ihren Mörder gekannt haben. Keine Spuren typischer Abwehr an ihrem Körper«, sagte Henne.

»Der Tatortbefund liegt auf deinem Schreibtisch«, warf Leonhardt ein. »Mayer wollte ihn morgen mit dem Kurierdienst schicken, aber ich hab ihn gleich vom Revier mitgebracht.«

»Gut so! Je eher wir ihn haben, umso besser.«

»Bei der Gelegenheit hab ich das Foto der Toten herumgehen lassen. In der Schillerstraße kennt man sie nicht.«

»Es wäre auch zu schön gewesen.«

»Im Revier hatte ich mehr Erfolg. Bei Frank Diener, einem Durchläufer.«

»Ein Polizeianwärter? Ist er ernst zu nehmen? Welche Dienststellen hat er bereits durchlaufen?«

»Einige! Verkehrspolizei, Einsatzhundertschaft. Bei den Tauchern war er auch schon. Der ist ein fixer Bursche. Er hat ein helles Köpfchen und denkt mit. Mayer hält ihn kurz. Er traut ihm nichts zu.«

»Der traut keinem!«

»Frank kam das Mädel bekannt vor.«

»Geht es auch präziser?«

»Er konnte sich nicht erinnern, aber er denkt darüber nach. Er meldet sich.«

»Das nennst du Erfolg!«, maulte Henne.

Das Funkeln in Leonhardts Augen erlosch für einen winzigen Moment. Er fuhr sich über den Kopf, wobei er die in die Stirn hängende blonde Strähne der ansonsten kurz gehaltenen Haare sorgsam aussparte. Eine Verlegenheitsgeste.

Gleich darauf glättete sich seine Stirn. Sein Oberkommissar meinte es nicht so. »Frank ist gründlich. Wenn er sagt, er denkt nach, dann tut er das so lange, bis es ihm einfällt.«

»Du hältst ja eine Menge von dem Jungen.«

»Er ist der Sohn meines Nachbarn. Ich kenne ihn von klein auf.«

»Das erklärt alles.«

»Ich muss los«, sagte Kienmann und stand auf.

Auch Henne und Leonhardt kehrten in ihr Büro zurück. Während die Kaffeemaschine vor sich hinsummte, griff Henne nach dem Tatortbefund.

»Du nimmst dir die Vermisstenliste vor, ich kümmere mich um den Tatort.«

Der Tatortbefund gab nichts her, was sie nicht schon wussten: Innenstadt, Wohn- und Geschäftshaus Schillerstraße, trotz der nahe gelegenen Universität eine ruhige Gegend. Leiche im Eingangsbereich straßenseitig in embryonaler Haltung, Gesicht zur Haustür gewandt, vollständig bekleidet, keine Tasche. Unter und neben dem Körper Blut, aufgrund des nassen Wetters verzögert trocknend. Blutspritzer auch auf Hauswand und Eingangstür. Auf dem Bürgersteig kein Abfall.

Der beigefügte Spurensicherungsbericht war kurz, Petters Aussageprotokoll noch kürzer. Natürlich gab es Spuren, Fingerabdrücke auf Holz und Klinke der Tür, an den Klingelschildern, den Briefkästen. Sohlenprofile, einige vollständig, einige fragmentartig, abgenommen am Rinnsteig, den ein schmaler Streifen spärlich bepflanzter Erde zierte. Das Pflaster selbst hatte nichts hergegeben. Zu nass. Sämtliche Spuren waren vermessen und katalogisiert. Die beigefügte Liste war doppelt so lang wie der Bericht selbst.

Henne kratzte sich nachdenklich am Kinn. »Kennst du einen Manfred Mahler?«

»Er rühmt sich, Mayers bester Ermittlungsbeamter zu sein.«

»Entweder hat er wenig Lust oder keine Phantasie für den Job. Den einzelnen Fakten jedenfalls fehlt der Zusammenhang. Er hat sie nicht einmal ansatzweise zu Spuren konstruiert.«

»Eine öffentliche Straße mit zwei Banken, einem Café, mehreren Geschäften, gegenüber Park und Haltestelle, tagsüber einigermaßen frequentiert – wer weiß, wie viele Menschen da zusammenkamen. Was willst du machen?«

»So gesehen gebe ich dir recht«, lenkte Henne ein.

»Dazu die nahe gelegene Universität, faktisch um die Ecke. Vielleicht war die Tote eine Studentin.«

»Das sollte leicht herauszubekommen sein. Die Kollegen können das übernehmen.«

»Ein Fahndungsfoto in der Presse kann auch nicht schaden.« Leonhardt tippte schon emsig den Text für die Tagespresse in den Computer.

Henne schwieg verstimmt. Die Narbe brannte wie Feuer. Er fingerte im Schreibtisch nach der Salbe, die ihm Kienmann gegeben hatte. Wirklich geholfen hatte sie bislang nicht, aber was nicht ist, konnte ja noch werden. Er verteilte eine reichlich zwei Zentimeter lange Wurst auf der linken Wange und bildete sich ein, die Schmerzen ließen nach.

»Die Vermisstenliste gibt auch nichts her. Alte Leute, zwei Männer, einer über achtzig, einer vierundvierzig und demenzkrank, sowie Frauen, die schon länger abgängig sind. Keine unter dreißig.«

»Schau mal, ob in der Zentrale weitere Anzeigen eingegangen sind.«

Kurz darauf kam Leonhardt zurück und ließ sich auf seinen Stuhl fallen. »Keine neuen Vermissten«, blaffte er und kickte wütend die offene Schreibtischschublade zu, die ihm gewöhnlich als Ablagefläche für seine Füße diente.

»Kein Grund für miese Laune«, sagte Henne müde.

»Frank hat mich eben über Handy angerufen.«

»Der Durchläufer? Hat er sich endlich erinnert?«

»Hat er, aber Mayer hat ihm einen Maulkorb verpasst. Offizielle Belehrung aller Polizeibeamten der Dienststelle, Verpflichtung zu absolutem Stillschweigen über sämtliche Dienstbelange.«

»Auf uns trifft das doch nicht zu.«

»Das dachte Frank auch, Mayer hingegen sieht das anders. Der hat ihm richtig gedroht, von wegen Suspendierung und so. Dieses Schwein!«

Henne betastete seine Narbe. »Der Mann ist Polizist, noch dazu Revierchef«, erinnerte er seinen Assistenten. Insgeheim jedoch stimmte er ihm zu. Mayer trieb es allmählich auf die Spitze. »Was hältst du davon, wenn wir etwas trinken gehen? Du kennst meine Stammkneipe, Willy zapft gutes Bier.«

»Die Rote Emma, ich weiß. Das meinst du doch nicht ernst!«

»Ich dachte an ein gemütliches Treffen, ganz unverfänglich. Ein Beisammensein unter Freunden. Du und ich und dieser Frank Diener.«

Hagen Leonhardt verstand plötzlich. Sein Gesicht hellte sich auf: »Heinrich, du bist ein Genie.«

»Hoffentlich lohnt sich der Aufwand mit deinem Frank«, erwiderte Henne lakonisch.

Ganz wohl war ihm dabei nicht. Wenn die Sache aufflog, konnte es ihn den Kopf kosten. Mayer hatte Verbindungen bis ganz nach oben. Er hingegen eckte immer wieder an. Er wusste, er wurde lediglich geduldet. Er hatte die höchste Aufklärungsquote vorzuweisen, seine Methoden aber waren umstritten. Unorthodox nannte es Schuster, Polizeidirektor und somit sein Chef. Schuster hatte ihn bislang stets gedeckt, einen Verstoß gegen den Datenschutz in Verbindung mit Verrat von Dienstgeheimnissen würde jedoch auch er nicht entschuldigen.

Die Rote Emma lag am anderen Ende der Stadt. Ein Gartenlokal, Treffpunkt von Arbeitern, Rentnern und natürlich Kleingärtnern. Selten Leute aus der provinziell-mondänen Innenstadt.

Henne durchquerte den Biergarten und trat in die rauchverhangene Gaststube. Leonhardt und Frank Diener saßen an einem Tisch in der Ecke und unterhielten sich leise. Der Kommissar nahm einem Stuhl und setzte sich dazu.

»Hallo«, grüßte er.

Ein prüfender Blick, dann nickte Diener zufrieden. »Hallo ebenfalls.«

Willy brachte ein Schwarzbier. Henne wartete, bis er es abgestellt hatte und an den Tresen zurückgekehrt war.

»Prost dann!« Er hob das Glas. Die Männer taten es ihm gleich.

»Also, Herr Diener …«

»Frank, bitte!«

»Schön, Frank also, woher kennen Sie die Kleine?«

»Vor ungefähr zwei Monaten gab es einen Streit im Palmarosa, dem Tabledance am Burgplatz.«

»Bordell trifft es eher.«

Frank nickte. »Ein Gast hatte die Polizei alarmiert. Ich hatte Streifendienst und war in der Nähe. Mein Kollege und ich, wir waren die Ersten vor Ort. Wir haben geschlichtet, Daten aufgenommen und Zeugen gehört. Sie stand an der Bar und schaute mit großen Augen zu mir herüber. Als ich ihren Blick erwiderte, hat sie sich umgedreht. Später dann, wir hatten die Arbeit erledigt, war sie weg.«

»Sind Sie sicher, dass es genau dieses Mädchen war?«

»So eine vergisst man nicht so leicht.«

»Inwiefern?«

»Sie war außergewöhnlich. Nicht nur ein hübsches Gesicht. Sie hatte etwas an sich … ich kann es nicht beschreiben.«

»Versuchen Sie es trotzdem.«

Diener überlegte eine Weile und sagte dann: »Sie wirkte weich und trotzdem hart. Irgendwie in sich ruhend.«

»Sie haben sie also erkannt. Ihr Kollege auch?«

Franks Stirn umwölkte sich. »Der will keinen Ärger und schweigt wie ein Grab.«

»Ihnen ist Ärger egal?«

»Soll ich wegsehen, wenn Unrecht geschieht? So tun, als wäre alles in Ordnung?« Die Aufregung malte rote Flecken in Franks Gesicht.

Der Junge weckte in Henne Erinnerungen. Auch er wollte Verbrechen bekämpfen und die Welt ein Stückchen besser machen. Über zwanzig Jahre war er nun schon dabei. Jahre, in denen Dinge geschehen waren, die er niemals für möglich erachtet hatte. An seinen Idealen hatte er trotz allem beharrlich festgehalten, und wenn es nach ihm ginge, sollte das noch eine Weile so bleiben. »Sie haben völlig richtig gehandelt«, erwiderte er ernst und bestellte ein weiteres Schwarzes. Er kippte es in einem Zug, dann ging er.

Zu Hause murrte Erika: »Du riechst nach Rauch und Bier.«

»Ich war bei Willy, dienstlich.«

Erika verschränkte die Arme.

»Du kannst es mir glauben, ein konspiratives Treffen. Willy weiß natürlich nichts davon.« Er küsste sie auf das Grübchen in ihrem Mundwinkel. Sie entspannte sich ein wenig, gerade genug, um die Falte über ihrer Nasenwurzel verschwinden zu lassen. In ihren Augen stand noch ein Rest Zweifel.

»Du siehst müde aus.«

»Es war ein langer Tag.«

Henne schlüpfte aus den Schuhen und stellte sie ordentlich

unter das Schränkchen im Korridor, auf dem seit Erikas Einzug wieder das Foto prangte, das er während ihrer Trennung in den hintersten Winkel verbannt hatte. Er lächelte dem Bild zu, dann Erika. »Ich habe Hunger.«

»Auf etwas Nahrhaftes oder auf mich?«

»In der Reihenfolge.«

Die Antwort gefiel ihr. Ihr Zweifel verflog. »Es gibt Fischfilet, naturbelassen, dazu Reis.«

»Klingt gut«, antwortete Henne bemüht, Begeisterung in seinen Ton zu legen. Bei Willy gab es Eisbein mit Bratkartoffeln. Diätabträglich, dafür köstlich. Brav folgte er Erika in die Küche. Doggenmann Dschingis, wie üblich sabbernd im Schlepptau, schien es egal zu sein, was auf den Tisch kam. Hauptsache, es fiel ein Stück für ihn ab.

Erika füllte die Teller. Traurig blickte Henne auf das Stück kaum gebräunten Fisches. Wer weiß, woher Erika das Rezept hatte, besonders appetitlich wirkte es nicht auf ihn.

»Gibt es noch einen Löffel zerlassene Butter?«, fragte er hoffnungsvoll.

»Ganz schädlich, Liebling, dein Cholesterinspiegel ist ohnehin zu hoch.«

Henne würgte den Fisch hinunter.

»Der Reis ist bissfest. So ist er besonders gesund«, erklärte Erika und tat ihm eine weitere Kelle auf.

Hennes Freude hielt sich in Grenzen, doch tapfer kostete er. Er bezweifelte, dass Erika die Körner überhaupt gekocht hatte. Sie waren hart wie Stein.

Mit den Worten »Ich bin satt« schob er den Teller von sich. Erika war zufrieden. Sie hatte sich vorgenommen, Hennes Gewicht um mindestens fünf Kilo zu reduzieren. Wenn sie allerdings gesehen hätte, was er tat, nachdem sie ins Bett gegangen war, wäre sie sehr verärgert gewesen. Henne schlich in die Küche und stopfte Käse und Wurst in sich hinein. Dschingis saß begeistert neben ihm. Auch er liebte die Wiener, die Fleischermeister Paresler machte.

DREI

Jürgen Mayer saß entspannt auf einem der Besucherstühle an dem Beratungstisch, der gegenüber von Grimmers Schreibtisch stand und das großzügige Zimmer dominierte. Der Revierleiter hatte die Beine ausgestreckt und musterte angelegentlich seine schwarzen Schuhe, auf denen sich kein Stäubchen fand.

»Wie oft habe ich dir schon gesagt, du sollst nicht in mein Büro kommen«, nörgelte Grimmer.

»Ich dachte, du brennst vor Neugier.«

»Was habe ich denn mit der Sache zu tun?«

»Immerhin kanntest du die Kleine.«

»Kennen ist zu viel gesagt.«

»Die Polizei sucht nach Leuten, die sie identifizieren können. Du bist einer davon«, fuhr Mayer ungerührt fort.

Lutz Grimmer stöhnte. »Dann sorge gefälligst dafür, dass nichts publik wird. Wenn ich mir ausmale, was passieren könnte!«

»Nichts wird passieren, wenn du dich endlich zusammenreißt.« Jürgen schürzte verächtlich die Lippen. Wie er diesen Jammerlappen verachtete! Nur Annette zuliebe hielt er an sich. Sie konnte schließlich nichts für ihren Vater, den Schlappschwanz, der nach dem Tod von Annettes Mutter seine Vorliebe für junge Mädchen entdeckt hatte.

»Seit acht Jahren leite ich diese Abteilung im städtischen Liegenschaftsamt«, fuhr Grimmer fort. »Nie gab es Probleme und jetzt das!« Sein Doppelkinn zitterte.

»Du hast doch nichts damit zu tun, oder?«

»Wo denkst du hin!« Grimmer schrie empört auf.

»Ich frag bloß der Form halber«, entschuldigte sich Jürgen halbherzig. Natürlich traute er dem Schwiegerpapa so etwas nicht zu. Der heulte ja schon, wenn eine Fliege krepierte. »Und deine feinen Freunde?«

Grimmer kniff die Augen zusammen und schniefte. Wie ein Schwein, fand Jürgen, fett und bösartig.

»Wen meinst du?«, grunzte Grimmer-Pig.

»Gunsler beispielsweise.«

»Für Harald lege ich meine Hand ins Feuer.«

Jürgen dachte, wenn du dich da mal nicht verbrennst. Stattdessen sagte er: »Dann ist ja alles in Ordnung. Verhalte dich ruhig. Irgendwann ist es vorbei.«

»Irgendwann, irgendwann«, äffte ihn Grimmer nach. »Das ist mir zu wenig.«

»Du wirst dich damit abfinden müssen, Wunder kann selbst ich nicht vollbringen.«

»Dann gib dir Mühe! Du hast schließlich freie Hand, im Gegensatz zu mir.«

Auch so ein heikles Thema. Jürgen kochte innerlich. Er konnte schließlich nichts dafür, dass der Alte eine Chefin hatte, die genau hinschaute und sich nichts vormachen ließ. Beate Hinterkurt, zielstrebig und kompetent. Eigenschaften, die ihm Respekt abnötigten, auch wenn er emanzipierte Frauen ansonsten nicht mochte. Dem Schwiegervater gönnte er die Hinterkurt von Herzen. Ohne deren Druck würde der Alte sonst machen, was er wollte, und den größten Teil seiner Arbeitszeit außerhalb des Büros verbringen. Bei Pascal Pascher, genannt Pascha, zum Beispiel, Chef der größten Leipziger Tabledance-Bar.

»Nimm Urlaub, fahr weg, raus aus Leipzig. Wenn der Fall zu den Akten gelegt ist, kommst du zurück«, schlug er vor.

»Als wenn das so einfach wäre! Wir sind mitten in der Haushaltsplanung. Die Grundstücke wollen schließlich bewirtschaftet werden. Was glaubst du, was das alles kostet? Das muss genau durchdacht und geplant werden. Da zählen noch immer meine Erfahrungen. Die Hinterkurt gibt mir unmöglich frei.«

Jürgen hob die Schultern. »Pech für dich.« Er stand auf.

»Sehen wir uns morgen?«

Ach ja, morgen, Mittwoch. Der Wochentag, an dem Lutz Grimmer bei ihnen gewöhnlich zum Abendessen aufkreuzte.

»Annette rechnet sicher damit«, entgegnete er lustlos.

Nachdem Jürgen gegangen war, fiel Grimmer erschöpft in den Schreibtischsessel. Die Sache nahm ihn mehr mit, als er anfänglich für möglich gehalten hatte. Unschlüssig starrte er vor sich hin.

Urlaub!

Die Minuten tropften dahin. Je länger er nachdachte, umso besser gefiel ihm die Idee. Haushaltsplanung hin oder her. Sollte die Hinterkurt doch einen anderen Dummen finden.

Er raffte sich auf und kramte aus dem Durcheinander auf seinem Schreibtisch einen Urlaubsantrag hervor. Nachdenklich kaute er auf dem eleganten Füllfederhalter herum. Wenn die Hinterkurt seinen Antrag ablehnen sollte, musste er sich eben hinter einer Krankheit verstecken. Es müsste allerdings etwas Ernstes sein, langwierig, eine Kur beispielsweise. Jeder würde das verstehen. Die Hinterkurt selbst hatte ihm gegenüber angedeutet, er solle sich um sein Übergewicht kümmern. Es war nur gerecht, wenn er es jetzt tat. Das hatte sie davon, dass sie ihm mit dummen Ratschlägen kam. Die Gesundheit war schließlich seine eigene Sache!

Doch nein, es war zu gefährlich. Das wäre die vierte Krankheit kurz hintereinander, und diesmal würde die Hinterkurt bestimmt Rumegger vom arbeitsmedizinischen Dienst auf ihn hetzen. Der konnte ihn nicht leiden. Er trug ihm nach, dass er das Haus in der Waldstraße im vorigen Jahr an Professor Kuckbein verscherbelt hatte. Rumegger hatte selbst ein Auge darauf geworfen, aber Kuckbein, Kegelbruder und Duzfreund des Oberstaatsanwaltes, hatte die besseren Argumente. Grimmer zitterte vor Wut, als er an das Foto dachte, das ihn im Palmarosa zeigte, nackt und eine dunkle Schönheit auf dem Schoß. Kuckbein hatte das Bild verbrannt, vor seinen Augen, versteht sich. Aber wo ein Foto war, war auch ein Negativ, und das hatte Kuckbein behalten.

Jedenfalls war Rumegger stinksauer gewesen, war es heute noch, denn seitdem grüßte er ihn nicht mehr. Der würde ihn gar nicht erst untersuchen, sondern sofort zum Simulanten abstempeln.

Also doch Urlaub. Die Hinterkurt musste ihn genehmigen!

Henne stiefelte den nach Aktenmief und Kaffeeduft riechenden Flur entlang. Im Takt der Schritte ging ihm der Lieblingsspruch seines alten Ausbilders durch den Kopf: Gehe nie zu deinem Fürsten, wenn du nicht gerufen wirst. Gerald Sternburg hatte ihn oft genug im Mund geführt. Ein Relikt aus den vor der Wende liegenden Dienstzeiten, in denen Sternburg mehr als einmal mit dem Leiter des Volkspolizeikreisamtes, einem zwielichtigen Typen, aneinandergeraten war. Sternburg war nicht gegen das System gewesen, beileibe nicht. Ihm hatten die Schweinereien gestunken, die die angeblich bis in die letzten Blutstropfen linientreuen Genossen mit politischen Parolen tarnen wollten. Henne hatte viel von ihm gelernt. Als Sternburg vor zwei Jahren einem Herzanfall erlegen war, hatte er tief getrauert. Er hatte einen väterlichen Freund verloren. Einen, zu dem er jederzeit kommen konnte und der ihm tatkräftig zu Seite gestanden hatte. Gehe nie zu deinem Fürsten ...

Schuster hatte gerufen, also ging er. Frau Blume, die Sekretärin, meldete ihn an, doch ehe er die Tür zum Allerheiligsten erreicht hatte, wurde diese aufgerissen. Ein Mann marschierte wortlos an ihm vorbei, die Wangen gerötet, die Lippen verkniffen. Mayer!

»Mensch, Heine, kommen Sie endlich herein!« Schuster ließ ihm keine Zeit für Überlegungen. »Ich will nicht gestört werden.«

Frau Blume nickte und schloss die Tür.

»Dumme Sache, Heine, wirklich dumm. Mayer – Sie haben ihn gesehen – hat sich gerade über Sie beschwert.«

»Wie bitte?«

»Sie haben richtig gehört. Ihm ist zu Ohren gekommen, Sie befragen seine Mitarbeiter. Obwohl er die ausdrücklich zu Stillschweigen verpflichtet hat.«

»Davon ist mir nichts bekannt«, schwindelte Henne, ohne mit der Wimper zu zucken.

»Haben Sie sich gestern mit einem Polizeianwärter getroffen?«

Daher wehte also der Wind. Mayer, die Ratte, bespitzelte seine eigenen Leute.

»Klar.«
»Haben Sie ihm Fragen gestellt?«
»Zumindest keine über seinen Dienst im Revier.«
»Heine, das ist eine ernste Sache. Mayer hat Andeutungen gemacht, von wegen Innenministerium, Bundeskriminalamt und Verfassungsschutz.«
»Ich dachte immer, wir sind es, die für die Aufklärung von Mordfällen zuständig sind.«
»Ich muss Sie wohl nicht daran erinnern, was pflichtgemäßes Ermessen bedeutet. Machen wir es kurz! Ich hab Mayer gesagt, Sie haben mein volles Vertrauen. Enttäuschen Sie mich nicht!«
»Ich mache meinen Job, so wie immer.«
»Eben, Heine, eben. Seien Sie vorsichtig, dieses eine Mal wenigstens. Ich traue Mayer nicht über den Weg. Der zögert keinen Moment, uns an oberster Stelle in Misskredit zu bringen.« Schuster schaute betrübt.
»Ich gebe mir Mühe«, versprach Henne freudlos.
»Mehr verlange ich auch nicht.« Schuster kratzte sich unschlüssig am Kinn. »Haben Sie die Kollegen in die Soko integriert?«
Henne brummte undeutlich in seinen Bart.
Wie üblich war umgehend eine Sonderkommission gebildet worden. Er hatte sich weder bei früheren Verbrechen noch jetzt damit anfreunden können. Er war der Meinung, viele Köche verdarben den Brei. Die Soko Schillerstraße umfasste mittlerweile zwanzig Polizisten. Er sollte froh darüber sein. Bevor der rigorose Sparkurs der Landesregierung verordnet worden war, waren Sokos mindestens dreimal so groß gewesen.
»Ich weiß, es gefällt Ihnen nicht. Bringen Sie sich ein, und nutzen Sie die Erkenntnisse, die die Kollegen zusammentragen«, empfahl Schuster.
Henne starrte Schuster stumm an.
Der Polizeidirektor senkte als Erster den Blick. »Ermitteln Sie, was Sie nur können. Auf offiziellen Wegen, wohlgemerkt, und halten Sie mich auf dem Laufenden.«

»Was war los?«, fragte Leonhardt, kaum dass Henne zurück war.

Der winkte ab. »Und hier?«

»Alles im Lot, Dschingis war brav.« Leonhardt tätschelte die Dogge, die den Kopf auf seinen Schoß gelegt hatte und zufrieden vor sich hinsabberte.

»Danke fürs Aufpassen. Ich hätte ihn ja zu Hause gelassen, aber er ist wie ein Baby. Kaum war Erika aus der Tür, hat er angefangen zu heulen.«

»Wo ist sie denn hin, deine Erika?«

»Heute beginnt ihr Kurs. Volkshochschule, sie gibt Zeichenunterricht. Weiberkram«, sagte Henne. Obwohl er dabei die Augen verdrehte, war ihm der Stolz auf die malende Erika anzusehen.

»Würde Manuela auch gern machen«, entgegnete Leonhardt und dachte an die Drillinge, die seine Frau ordentlich auf Trab hielten. Wie oft hatte er sich vorgenommen, sie zu entlasten. Ein Unding bei seinem Job. Schließlich konnte er die zweijährigen Kinder nicht wie einen Hund mit zur Arbeit nehmen. Zum Glück war Manuela verständnisvoll.

»Auf, mein Freund, das Palmarosa wartet!« Henne stopfte sein Notizbuch in die Lederjacke.

»Und Dschingis?«

»Der kommt mit.«

»Wenn das mal gut geht.«

»Unke nicht, ab jetzt ist er ein Polizeihund.«

Leonhardt schnaubte. »Du bringst uns in Schwierigkeiten. Du weißt genau, wie streng die Vorschriften sind.«

»Dann behalte sie mal schön im Auge, deine Vorschriften. Ich pfeife auf sie.«

Henne griff zur Leine und hängte den Karabiner an Dschingis' Halsband ein. Die Dogge wedelte vor Freude mit dem Schwanz.

»Er freut sich auf Pascha, genau wie ich.«

»Hoffen wir, der Lude hat so viel auf dem Kerbholz, dass er den Mund hält.«

»Keine Bange, in dem Geschäft kann man nie sauber sein. Pascha wird Gift und Galle spucken, aber er traut sich nicht, uns anzuzeigen. Darauf wette ich meinen Arsch.«

»Trotzdem wäre mir wohler, wir würden es nicht darauf ankommen lassen.«

»Komm endlich«, drängte Henne, ohne auf Leonhardts Einwand einzugehen.

Auf dem Weg überlegte Leonhardt laut: »Pascha hat Schiss vor Hunden. Wenn er nicht mitspielt, könnte ihm Dschingis die Zunge lockern.«

»Du willst den Hund auf ihn hetzen? Ausgerechnet du mit deinen Vorschriften?«

»Bist du verrückt?« Leonhardt schüttelte den Kopf. »Der Anblick einer Schnauze reicht, um ihn unter Druck zu setzen.«

Hennes zweifelnder Blick folgte der Dogge, die schwanzwedelnd an jedem Grasbüschel schnupperte, dem es gelungen war, das Grau der Betonwege zu durchbrechen. Dschingis war viel zu gutmütig, um jemandem Angst einzujagen. Erst recht nicht einem abgefeimten Gauner wie Pascha.

»Hier hat sich nichts verändert«, stellte Henne lapidar fest, als sie den unpersönlichen Neubau direkt dem Rathaus gegenüber erreicht hatten und die polierten Steinstufen des Treppenhauses hinaufstiegen. Ein schmales Schild wies ihnen den Weg, erkennbar nur für Eingeweihte.

»Immer noch diese Nüchternheit. Pascha muss doch genug verdient haben, um sich Pompöseres leisten zu können.«

»Er wird seine Gründe haben.«

»Ich bin gespannt, was er sagt, wenn er uns sieht.«

»Erwarte keine Begeisterung. Schließlich hast du ihm damals ziemlich zugesetzt«, erinnerte Leonhardt Henne an die Szene vor einigen Jahren, als sie mit einem Durchsuchungsbeschluss vor Paschas Etablissement gestanden hatten. Der war völlig ausgerastet, hatte gezetert und geschrien und plötzlich mit einem Messer vor ihnen herumgefuchtelt.

Henne hatte sofort reagiert. Ein schneller Griff, und Pascha hatte sich entwaffnet und die Hände an die Stange auf dem Tresen gefesselt gefunden. Das Telefonat mit seinem Anwalt konnte ihm Henne nicht verwehren, aber Pascha hatte sich lange gedulden müssen. Leider hatte sich dann herausgestellt, dass sie ihm nichts nachweisen konnten und ihn laufen lassen mussten.

Pascha hatte Hennes übertrieben freundliche Entschuldigung unbewegt entgegengenommen.

Auch diesmal ließ er nicht erkennen, was er beim Anblick der Männer empfand.

»Hallo, Herr Oberkommissar«, begrüßte er sie, »oder hat man Sie mittlerweile befördert?«

»Ober reicht. Kriminalmeister Leonhardt kennst du bestimmt auch noch.«

»Mein Anwalt wartet schon.«

»Lass mal die ollen Kamellen im Schrank. Wir möchten mit dir reden, mehr nicht.«

»He, ich habe ein Recht darauf, dass Sie mir mit Respekt begegnen. Hören Sie auf, mich zu duzen!«

»Ich rede mit dir, wie es mir passt, verstanden?«, knurrte Henne. »Was nun – machen wir es hier, oder sollen wir dich mit in die Direktion nehmen?«

Wortlos drehte sich Pascha um. Sie folgten ihm durch den Eingangsbereich in den dahinter gelegenen Saal.

Wie immer war es ziemlich duster, der Raum hatte keine Fenster, Tageslicht Fehlanzeige. Dafür verbreiteten einige Lampen sanftes Schimmern, das allerdings nicht weit reichte und die einzelnen Sitzgruppen nur dürftig aus der Dunkelheit holte.

»Du hast umgeräumt«, staunte Henne. »Sieht richtig gemütlich aus.«

Pascha blinzelte. Er wusste nicht, ob ihn der Kommissar auf den Arm nahm. Er beschloss, die Bemerkung zu ignorieren. Es fiel ihm schwer, doch er beherrschte sich.

Henne zog ein Foto aus der Tasche und hielt es ihm unter die Nase. »Es geht um Mord. Kennst du das Mädchen?«

Pascha blinzelte erneut und diesmal heftiger. Eine Bewegung, die angesichts der hellblonden Wimpern grotesk wirkte. Seine

Augenbrauen, kaum dunkler als die Wimpern, zuckten nach oben und verschwanden unter der Krempe des weißen Hutes, den er nur selten ablegte. Der Hut und der weite Anzug, ebenfalls weiß, waren seine Markenzeichen.

»Soll ich dir auf die Sprünge helfen?«

Die Augenbrauen tauchten, zusammengezogen und durch eine tiefe Unmutsfalte getrennt, wieder auf. »Nicht nötig. Die war bei mir, die Kleine.«

»Und?«

»Was – und!«

»Verdammt, lass dir nicht alles aus der Nase ziehen! Name, Alter, Adresse. Den Beruf kann ich mir denken.«

»Ich weiß kaum etwas über sie. Sie kam eines Tages an und hat nach Arbeit gefragt. Sie sah gut aus, also habe ich sie genommen.« Angewidert verfolgte Pascha die Tropfen, die sich von Dschingis' Zunge aus zu einem klebrigen Faden vereinten. Noch wenige Zentimeter, dann würden sie den spiegelblanken Boden erreichen und einen hässlichen Fleck hinterlassen.

Dschingis hingegen schien Gefallen an dem dicken weißen Mann zu finden. Er schnüffelte interessiert.

»Nehmen Sie den Hund weg.« Paschas Stimme zitterte.

Dschingis hob den Kopf. Seine Schnauze war Paschas empfindlichster Stelle verdammt nah.

Henne zeigte sich ungerührt. »Krame mal in deinem Gedächtnis!«

»Ja doch, ja!« Auf Paschas Nase bildete sich ein dünner Schweißfilm, aber er wagte es nicht, ihn wegzuwischen. Der dämliche Köter war womöglich genauso verrückt wie der Bulle. »Rufen Sie um Gottes willen diesen Killer zurück!«

Auf Heinrichs Wink hin trollte sich Dschingis an Leonhardts Seite. Mit schief gelegtem Kopf musterte er von dort aus den schwitzenden Mann und verstand nicht, warum der sich derart aufregte.

»Also, Pascha, komm zur Sache!«

»Sie heißt Donata.« Paschas Blick zuckte zwischen Henne und Dschingis hin und her. »Nachname weiß ich nicht.«

»Wann hast du sie zum letzten Mal gesehen?«

»Gestern oder vorgestern.«

»Weißt du, wo sie gewohnt hat?«

»Die Mädchen reden nicht über sich, und ich frage nicht. Sie sollen tanzen, nicht quatschen.«

»Wo warst du eigentlich gestern Nacht? So zwischen null und zwei?«

Das war sicheres Terrain, Pascha atmete auf. »Hier natürlich, wo sonst!«

»Kann das jemand bezeugen?«

»Das gesamte Personal. Hetzen Sie ruhig Ihren Handlanger auf meine Leute.« Pascha zeigte auf Leonhardt.

Dschingis nahm das als Aufforderung und verließ seinen Platz.

»Schon gut, ich nehme es zurück«, warf Pascha hastig ein.

Leonhardt nickte zufrieden, doch seine Augen blieben hart. »Dann frage ich mal herum.«

Der Türsteher und der Barkeeper bestätigten Paschas Aussage. Auch die Männer von der Technik sagten einhellig aus, Pascha bis zum Schluss gesehen zu haben.

»Das Palmarosa macht um sechs die Schotten dicht. Gegen zehn waren wir da. Wann, um Himmels willen, schlafen die Leute?«, wollte Henne von Pascha wissen.

»Der Dienst geht von neun Uhr abends bis morgens um elf. Nur die Mädels hauen eher ab. Ob Sie es glauben oder nicht, ich bin ein seriöser Geschäftsmann. Ich achte auf Disziplin und zahle meine Steuern. Pünktlich, wohlgemerkt, also lassen Sie mich endlich zufrieden.«

Heine betastete seine Narbe. Sie juckte, natürlich. Der Besuch bei Albino-Lude Pascha war alles andere als beruhigend. Irgendetwas war faul, er spürte es. Sein Bauchgefühl hatte ihn bislang selten getrogen.

Der Schlüssel machte kein Geräusch, dennoch war Nadja plötzlich hellwach. Instinkt. Sie machte sich klein. Gegen Pascha wirkte sie wie ein zerbrechliches Püppchen.

»Komm her, Ludmilla.«

Ich heiße Nadja, verflucht noch mal, dachte sie. Zwecklos, den weißen Schwabbel daran zu erinnern. Er nannte alle Asiatinnen Jasmin, die kaffeebraunen und tiefschwarzen Mädels Naomi und die Osteuropäerinnen eben Ludmilla.

Nadja erhob sich vom Bett, dem einzigen Möbelstück in dem schmalen Raum, der eher einem Verschlag denn einer menschenwürdigen Behausung glich. Sie wusste, Widerstand war schmerzhaft.

Pascha öffnete seine Hose und ließ sie herab. Sein Glied hing wie ein Fremdkörper zwischen den stämmigen Beinen. Schlaff, faltig und weiß, unfähig zur Erektion. Das Attentat eines Verrückten, der den aufstrebenden Bodybuilder, den gefährlichen Konkurrenten im Kampf um den Meisterschaftstitel, aus dem Verkehr ziehen wollte und es dann auch geschafft hatte. Jeder im Palmarosa kannte die Geschichte, wusste um die zerquetschten Hoden, um Paschas Qualen, und jeder gönnte sie ihm aus tiefster Seele. Die Kastration hatte Pascha zu einem gemeinen Mistkerl werden lassen, der Freude daran hatte, andere zu erniedrigen und zu quälen.

»Mach schon!«, befahl Pascha.

Nadja überwand ihren Ekel, kniete sich auf den Boden und beugte sich über das tote Fleisch, das trotz aller Mühen tot bleiben würde. Sie betete, dass es ihr schnell gelang, Paschas Blase zu entleeren. Dann wäre er zufrieden und ihr blieb die Kettenpeitsche erspart.

Während sie an ihm saugte, gingen ihre Gedanken spazieren. Sie hatte Stimmen gehört. Fremde Stimmen, mal laut, mal leiser, als ob die Männer hin und her gelaufen wären. Wer hatte einen Grund, um diese Zeit im Palmarosa aufzukreuzen?

Heiliger Simeon, lass es die Polizei gewesen sein, lass sie wiederkommen. Morgen, übermorgen, so lange, bis sie uns endlich finden und hier herausholen! Mach das Wunder wahr, ich flehe dich an!

Ein dünner, warmer Strahl brachte sie in die Gegenwart zurück. Es war müßig, auf Hilfe von draußen zu hoffen. Wenn sie entkommen wollte, musste sie sich selbst helfen. So wie Donata, die einzige Freundin, nicht nur dem Namen nach ein Geschenk Gottes. Sie hatte es geschafft, ganz sicher, denn als Pascha die Mädchen so wie jeden Morgen eingesperrt hatte, war Donata nicht dabei gewesen, und das nun schon den zweiten Tag. Bestimmt hatte sie längst ein Versteck gefunden. Bald war es so weit, bald würde sie der Freundin folgen. Nadjas Herz trommelte ein Stakkato.

VIER

Harald von Gunsler schaute gelangweilt über die randlose Lesebrille. Das Meeting im Turmzimmer des Rathauses am Martin-Luther-Ring zog sich in die Länge, längst wollte er im Ratskeller sitzen und das Mittagsmenü genießen. Lutz wartete bestimmt schon. Der Dicke würde es verkraften, der verhungerte nicht gleich.

Was der bloß wollte? Er hatte irgendwie komisch geklungen, dazu die Andeutungen, ziemlich nebulös. Nichts Klares, nicht am Telefon, hatte er gehaspelt.

Das Scharren der Stühle riss Gunsler aus seinen Überlegungen. Er stand auf. Schon wandte er sich zur Tür, da hielt ihn Theo Burger, Leiter des Ordnungsdezernates, zurück. Gunsler saß wie auf Kohlen, während sich Burger lang und breit über die Sicherheit in der Stadt und die Migration ausländischer Mitbürger ausließ. Dinge, die täglich in der Zeitung standen und die ihm kein Chef sagen musste. Er atmete erleichtert auf, als er schließlich gehen konnte.

Mit langen Schritten eilte er den Gang entlang, der direkt zu einem Nebeneingang des Ratskellers führte.

Der Hauptsaal war fast leer, ungewöhnlich um die Zeit, aber Harald von Gunsler war dankbar deswegen.

Grimmer hatte einen Ecktisch gewählt. »Ich dachte schon, du kommst nicht mehr«, maulte er.

»Dienstberatung beim großen Chef. Langweiliges Gesülze, aber keine Chance, eher abzuhauen.« Harald griff nach der Speisekarte. »Hast du schon gewählt?«

»Rouladen. Angebot des Tages.«

»Die müssen wahrscheinlich weg. Du solltest etwas Leichtes nehmen, Salat oder Suppe vielleicht.«

»Jetzt fang du nicht auch noch damit an! Die Hinterkurt liegt mir schon dauernd in den Ohren.« Lutz Grimmer nahm beleidigt einen Schluck Bier.

»Bier ist übrigens auch nicht gut.«

»Ich habe ganz andere Sorgen.«

»Lass mich raten: Deine Abteilung wird eingestampft? Du brauchst einen neuen Job?«

»Mein Gott, Harald, du und deine dummen Sprüche«, brauste Grimmer auf. Gleich darauf sackte er in sich zusammen. »Die Tote in der Schillerstraße, du hast bestimmt davon gehört, ist eines von Paschas Girls. Die Polizei ermittelt.«

»Natürlich, was sonst.«

»Die Mordkommission hat den Fall übernommen. Der Kommissar ist ein besonders Schlauer und hartnäckig dazu.«

»Von einem Mord stand nichts in der Zeitung, nur das Bild von der Kleinen. Hast du dich gemeldet?«

»Bist du von Sinnen? Außerdem, was soll ich schon dazu sagen können. Und du?«

Harald schüttelte den Kopf. »Ich habe das Mädchen noch nie gesehen.«

»Ob das die Polizei glaubt? Die denken doch, jeder Ausländer wird bei dir registriert.«

»Die Ausländerbehörde ist keine Sammelstelle, und solange ich dort etwas zu sagen habe, wird das so bleiben.«

»Ich habe Angst«, gestand Grimmer.

»Quatsch, dafür gibt es keinen Grund.« Harald legte die Speisekarte beiseite. »Ich esse auch die Rouladen.«

»Wenn sich die Bullen das Palmarosa vornehmen, wird Pascha singen. Seine Stammkunden haut der als Erste in die Pfanne.«

»Dein Ruf ist dann im Eimer, so viel ist klar. Aber sonst? Gefeuert wirst du deswegen wohl kaum.«

»Du verstehst mich nicht! Wenn es tatsächlich ein Mord war – und davon müssen wir zunächst ausgehen –, dann hat der Killer irgendetwas mit Pascha zu tun. Niemand sonst kommt an die Mädels heran.«

»Streit im Milieu, was geht es dich an?«

»Nimm an, jemand will Pascha einen Denkzettel verpassen, ihn ruinieren zum Beispiel. Was glaubst du wohl, wie das geht?

Da braucht bloß jemand die richtigen Fragen zu stellen, nachzuhaken, ganz legal. Dämmert es jetzt bei dir?«

»Du siehst Gespenster. Dein Schwiegersohn hat die Stadt von dem Gesindel gesäubert, das Pascha ans Leder wollte.«

»Das bedeutet gar nichts.« Grimmer stürzte sein Bier herunter und starrte in das leere Glas, als fände er dort die Lösung.

»Na komm, lass uns essen. Ich habe Hunger. Mit leerem Magen kann ich schlecht denken.« Harald winkte dem Kellner.

Lutz Grimmer jedoch war der Appetit vergangen. Pascha war brutal und seine Feinde ebenso. Dass er welche hatte, stand für ihn fest. Das Palmarosa lief gut, das musste die Konkurrenz gewaltig kratzen. Erst schnappten sie sich eines von Paschas Mädchen, dann vielleicht einen Kunden. Einen, der wichtig war, bekannt in der Stadt. Ihn zum Beispiel. Wie konnte Harald so blind sein! Aber der hatte ja nichts zu befürchten. Für den zählte das Palmarosa zur Unterwelt, niemals würde er dort verkehren. Das war er seinem Titel schuldig, alter Adel, wenn auch verstaubt. Außerdem war er glücklich verheiratet. Seine Frau hatte Klasse, oberstes Niveau, absolut ladylike. Kein Vergleich zu Paschas Huren.

Der Kellner balancierte die Rouladen auf den Tisch. Ihr Duft ließ Grimmer seinen Kummer vergessen. Der Appetit kehrte zurück, und er stieß die Gabel in das Fleisch. Er schlang die Bissen hinunter, als hätte er tagelang gefastet. Die fette Soße lief ihm aus den Mundwinkeln, es störte ihn nicht.

»Sie haben Glück, da kommt er.« Gitta fuchtelte mit den Händen. Die Frau, die sich soeben noch an die Barriere der Rezeption gelehnt hatte, drehte sich um.

Henne warf sich ein Lächeln ins Gesicht.

»Erika, du hier?« Während er sie mit sich zog, erntete Gitta einen vernichtenden Blick. Sie wusste, er hasste familiären Besuch im Büro. Gitta lächelte unschuldig. Zuckersüße Rache für sein Verhalten am Morgen.

»Ich hatte Sehnsucht nach dir.« Erikas Augenaufschlag war

unverschämt himmelblau. Hennes Herz flatterte. In diesem Moment hätte er ihr alles verziehen. Trotzdem sagte er: »Du musst mich verstehen, ich habe wenig Zeit, eigentlich gar keine.«

»Ich komme nicht privat. Hier«, die Zeitung in ihrer Hand wippte, »das Mädchen. Das ist doch dein Fall, oder?«

»Klar, warum fragst du?«

»Ich habe sie gesehen.«

»Warte mal.« Er schob Erika in sein Büro und schloss die Tür. »Setz dich und erzähl!«

»Es war vorgestern Abend, ich war auf dem Nachhauseweg, hatte noch schnell ein paar Dinge für das Abendessen besorgt, im Spätverkauf am Bahnhof. Du weißt schon, du hattest den letzten Fall gelöst. Wir wollten feiern. Du wolltest zeitig kommen, aber dann wurde es doch Mitternacht.«

»Ist trotzdem ein schöner Abend geworden, oder?«, griente Henne. Bei der Erinnerung an Erikas Temperament wurde ihm heiß.

Erika blieb ernst.

»Meine Bahn war schon weg, also bin ich zu Fuß gegangen. Vom Bahnhof aus quer durch die Stadt, Nikolaistraße, Grimmaische, durch die Passagen zur Petersstraße, dann Burgplatz. Da hab ich sie gesehen.«

»Wo genau?«

»Sie stand an die Mauer gedrückt, direkt neben dem Eingang zum Bürgerhaus.«

»Was hat sie da gemacht?«

»Für mich sah es aus, als würde sie es mit einem Kerl treiben.«

»An der Mauer?«

»Ich hätte sie sonst gar nicht bemerkt. Sie stöhnte und war nicht eben leise.«

»Du hast dabei zugeschaut?«

»Natürlich nicht, aber ich musste direkt an ihnen vorbei. Da kann man schlecht wegsehen. Viel gab es übrigens auch nicht zu sehen.«

»Wieso bist du dir sicher, sie war es?«

»Der Mond fiel auf ihr Gesicht. Sie hat mich sogar angeschaut. Ein hübsches Ding.«

»Du hast gesagt, sie war nicht allein.«

»Sex mit einem Kerl geht wohl kaum allein«, versetzte Erika spöttisch.

»Schon klar, ich will auf etwas anderes hinaus. Kannst du den Typ beschreiben?«

»Ich habe ihn nur von hinten gesehen.«

»Größe, Haare, Frisur?«

»Größer als ich, vielleicht eins achtzig, vielleicht auch größer. Er stand nach vorn gebeugt und stützte sich mit den Händen an der Mauer ab.«

»Sonderbare Position.« Henne kannte einige Stellungen. Erika und er waren experimentierfreudig, was das betraf. Wenn sie es im Stehen taten, hatte er sie immer hochgehoben. Abgestützt hatte er sich nie.

»Wie sahen seine Hände aus?«

»Wie schon«, erwiderte Erika achselzuckend. »Hände eben. Nicht zu groß, nicht zu klein. Völlig normal.«

»Ringe?«

»Nicht dass ich wüsste. Zumindest habe ich keinen gesehen. Allerdings habe ich auch nicht darauf geachtet. Ich wollte so schnell wie möglich vorbei, bin ja schließlich kein Spanner.«

»Was hast du dir noch gemerkt?«

Erika legte grübelnd die Stirn in Falten. »Er trug einen Mantel. Ungewöhnlich für die Jahreszeit, hab ich bei mir gedacht.«

»Einen Mantel, hm. Was für einen?«

»Trenchcoat, würde ich sagen, ziemlich lang. Er plusterte ihn auf, vermutlich war er offen. Geschlossene Mäntel sind hinderlich beim Vögeln.«

»Untersteh dich, solche Ausdrücke für das Protokoll in den Mund zu nehmen«, schimpfte Henne grinsend.

»Er war schwarz, zumindest dunkel.«

»Ein Neger?«

»Nicht der Mann, der Mantel. Und er hatte Jeans und helle Turnschuhe an. Der Rest war verdeckt.«

»Gut beobachtet«, lobte Henne.

»Schließlich bin ich die Frau eines Polizisten.«

»... der dich liebt.«

»... der jetzt arbeiten und einen bösen Verbrecher fangen muss«, ergänzte Erika und wand sich aus Hennes Arm.

»Leonhardt wird deine Aussage protokollieren.«

»Wann sehen wir uns heute Abend?«

»Es kann spät werden.«

»Also wie immer.«

»Wie oft«, korrigierte Henne und nahm sich zum wer weiß wievielten Male vor, mehr Rücksicht auf Erika zu nehmen. Er erinnerte sich nur zu gut, weswegen sie ihn vor zwei Jahren verlassen hatte. Arbeit, immer Arbeit, an erster, zweiter, dritter Stelle. Dass auch Kommissare ein Privatleben haben, hatte er vergessen. Zum Glück hatten sie sich wieder versöhnt, trotz der Scheidung. Das wollte er nicht verspielen. »Ich beeile mich, vielleicht schaffe ich es vor den Spätnachrichten.«

Erika stellte sich auf die Zehenspitzen, ihre Lippen streiften sein Kinn.

»Ich warte«, sagte sie, »und Dschingis nehme ich gleich mit.«

»In Ordnung.«

»Du könntest wenigstens noch fragen, wie mein Kurs war.«

»Sag schon!« Er sah auf die Uhr. Kurz vor zwei, in knapp zehn Minuten war er mit Kienmann verabredet.

»Gut war er, richtig klasse sogar. Du, ich habe da eine Schülerin, von der muss ich dir erzählen ...«

»Verschieb es auf heute Abend, bitte.« Sein Blick bettelte, das schlechte Gewissen. Rücksichtnahme, von wegen! Ich sollte mir Zeit nehmen für sie, dachte er und sagte stattdessen: »Ich muss los. Leonhardt ...«

»... wird sich um mich kümmern, ich weiß. Wo steckt der überhaupt?«

»Hier«, zeigte Henne zur Tür, durch die sich soeben sein Assistent kämpfte, bemüht, den Aktenstapel auf seinen Armen im Gleichgewicht zu halten. »Ich bin dann mal fort.« Ein flüchtiger Kuss, und weg war er.

FÜNF

Nadja starrte mit düsterer Miene auf den Teller, den Pascha neben ihrem Bett zurückgelassen hatte. Er verpflegte sie gut, das musste man ihm lassen. Das Hähnchen duftete verführerisch. Auch der Reis und der Brokkoli sahen lecker aus. Pascha achtete darauf, dass die Mädchen gesunde Sachen aßen. Ihre Körper mussten schlank und fest bleiben, wenn sie Gewinn bringen sollten.

Nadja wusste nicht, was mit den Mädchen geschah, die für ihn nutzlos wurden. Sie waren irgendwann verschwunden. Man sprach nicht darüber. Im Grunde sprach man über gar nichts. Sie waren sich fremd, Nadja und die anderen Mädchen. Unerreichbar, auch wenn sie sich jeden Abend sahen. Sie durften keinen Kontakt zueinander aufbauen, eine von Paschas eisernen Regeln. Wehe, wer sie missachtete.

Die Peitsche fiel ihr ein. Sie schauderte.

Mechanisch hob sie den Teller auf ihren Schoß und begann zu essen. Sie nahm kleine Bissen und steckte sie mit den Händen in den Mund. Messer und Gabel gab es nicht, eine weitere Regel. Sie kaute langsam und konzentriert. Normalerweise aß sie gern, doch heute wollte es ihr nicht schmecken. Das Fleisch war fad, sie spuckte es aus. Gleich darauf dachte sie an die Folgen, wenn Pascha den Teller nicht vollständig geleert vorfinden würde, und sie stopfte sich das Huhn wieder in den Mund. Mühsam würgte sie es herunter.

Es war unwürdig, falsch und gemein. Der Raum, das Essen, die Arbeit. Ihr ganzes Leben war schiefgelaufen.

Sie stammte aus Minsk, ihre Familie hatte gespart, damit sie in Deutschland studieren konnte. Sie hatte sich darauf gefreut, hatte dem neuen Land förmlich entgegengefiebert. Ärztin wollte sie werden, das war ihr Traum. Dann hatte der Vater seine Arbeit verloren und konnte kein Geld mehr schicken. Sie musste selbst für sich sorgen.

Eines Abends, es war in einer Diskothek, hatte sie ein Kerl angesprochen. Es war verlockend gewesen, das Angebot vom leicht verdienten Geld, dazu der Spaß. Sie liebte den Sex, er gab ihr Macht über die Männer. Sie konnte sich daran berauschen.

Wenn nur Pascha nicht wäre! Warum hatte sie sich auch dazu überreden lassen, bei ihm anzufangen! Nichts von dem, was er versprochen hatte, war in Erfüllung gegangen. Das große Geld hatte sie noch nie zu sehen bekommen. Angeblich sparte er es für sie auf. Den Pass hatte er ihr abgenommen, gleich nachdem sie ihr Zimmer im Studentenwohnheim aufgegeben hatte, um ins Palmarosa zu ziehen. Damit er nicht verloren ging, hatte er gegrinst, doch auch dabei hatte sie sich nichts gedacht. Erst als er sie in dieses Loch gebracht hatte, da war sie misstrauisch geworden. Dabei hatte er ihr ein Zimmer versprochen, eine kostenlose Unterkunft. Er hatte es ihr sogar gezeigt, es war hell und nett eingerichtet. Die Gelegenheit, mehr von ihrem Verdienst zu sparen, als wenn sie im Wohnheim geblieben wäre.

Wie entsetzt war sie gewesen, als er sie danach hierher verfrachtet und mit der Peitsche in der Hand gezwungen hatte, ihre Exmatrikulation zu unterschreiben.

Es war zu spät, das Erwachen war hart und bitter. Sie hasste ihn dafür. Sie hasste ihn für alles, was er ihr angetan hatte. Sie wollte nur noch eines: fort aus diesem furchtbaren Haus, fort von diesem Ungeheuer, das dabei war, ihr Leben zu zerstören.

Gierig schob sie sich die Pille zwischen die Lippen, die wie üblich unter dem Teller gelegen hatte. Der Stoff würde ihr helfen, das Elend zu vergessen.

Kienmann klappte die Akte mit den Berichten des Rechtsmedizinischen Institutes zu. »Schemkeler ist ein fähiger Mann. Auf seine Untersuchungen kann man sich verlassen, hundertprozentig.«

»Wie ist deine Meinung zu dem Fall? Als Mediziner?«, fragte Henne. Ihm schien der Freund ungewöhnlich nachdenklich.

»Sex und Drogen, das kennt man ja. Sonderbar, dass Schemkeler fast nichts gefunden hat. Normalerweise konsumieren Prostituierte jede Menge Amphetamine, meist Speed, auch Crystal. Wirkt aktivierend auf das zentrale Nervensystem. Mehr Leistung, mehr Konzentration.«

»Die Peitsche, mit der Zuhälter gern ihre müden Pferdchen in Schwung bringen.«

»Stimmt!«

»Zumal Pascha in der Drogenszene bekannt ist, auch wenn wir ihm bis jetzt nichts nachweisen konnten.«

»Der Gehalt in Blut und Urin der Leiche ist äußerst gering. Entweder hat sie kurz vor ihrem Tod nichts mehr genommen oder nur ganz wenig.« Kienmann runzelte die Stirn

»Warum wundert dich das?«

»Ich hab eine ganze Menge als Polizeiarzt gesehen, aber noch nie eine cleane Nutte.«

»Pascha sagt, sie hat nur ab und zu für ihn gearbeitet.«

»Du glaubst ihm?«

»Sehe ich so aus? Der ist ausgebufft, ein Schlitzohr. Der kann das Wort ›Wahrheit‹ nicht einmal buchstabieren!«

Kienmann ging zum Schrank und zog ein dickes Buch hervor, die altbekannte Tarnung für seinen Schnapsvorrat.

»Lass mal, für mich nicht!«, wehrte Henne ab.

»Komm schon, das ist Medizin. Wir müssen nachdenken, und das gründlich. Das braucht einen guten Kräuter.« Kienmann füllte zwei Gläser. »Runter damit!«

Sie tranken. Henne schüttelte sich und schnappte nach Luft. »Was ist das bloß für ein Gift?«

»Ein Rezept meiner Mutter, Gott hab sie selig. Sternanis, Minze, Melisse und Koriander.«

»Schmeckt wie blanker Sprit.«

»Alkohol ist natürlich auch dabei, siebzigprozentiger.« Kienmann grinste flüchtig, dann wurde er wieder ernst. »Speed und Alkohol ist übrigens eine böse Kombination. Der Konsument merkt nicht, wie arg das Zeug wirkt. Es gibt dazu jede Menge Versuche, darunter einige von namhaften Kliniken. Die Probanden negieren die Nebenwirkungen überwiegend, ihre Körper hingegen nicht. Schneller Puls und erhöhter Blutdruck sind normal. Die Leute schwitzen, sind häufig angespannt und unruhig. Bei höherer Dosis kommt es zu Psychosen bis hin zu massiven Ängsten und Kreislaufkollaps. Alkohol führt generell zu einer Wirkungsverstärkung. Herzrasen ist da noch das Mindeste.«

»Lies den Bericht«, sagte Henne. »Die Tote hatte nur eine minimale strukturelle Herzveränderung.«

»Sie hat demzufolge selten getrunken und Drogen gezogen. Wenn du mich fragst – eine starke Persönlichkeit.«

»Muss wohl so sein, wenn sie in Paschas Schuppen sauber geblieben ist.«

»Vielleicht hatte sie gute Freunde, Familie, jemanden, der ihr den Rücken gestärkt hat ...«

»... und sie anschaffen gehen ließ?«, fiel Henne dem Freund ins Wort. »Das passt nicht zusammen. Wir wissen nichts über sie.«

»Die große Unbekannte, was?«

»Ihr Name war Donata. Wahrscheinlich Russin oder Polin, doch das ist nur eine Vermutung. Sie hatte einen Goldzahn. Das trägt hier kein Mensch, schon gar nicht ein junges hübsches Ding.«

»Einwohnermeldeamt?«

»Fehlanzeige. In der ganzen Stadt ist eine einzige Donata registriert. Die ist knapp neunzig und erfreut sich bester Gesundheit.«

»Pech.«

»Wenn das die alte Dame gehört hätte!«

»So meinte ich es nicht«, verteidigte sich Kienmann und schenkte sich einen zweiten Kräuterschnaps ein.

Henne hielt schnell die Hand über sein Glas. »Ich habe noch Dienst«, erklärte er. Beim Anblick der Flasche grummelte es in seinem Bauch. Das Ergebnis war ein heißer Strahl Magensäure. Er rülpste leise. Erleichtert atmete er auf, als Kienmann den Schnaps zurück in das Versteck verfrachtete.

»Komm doch am Samstag bei mir vorbei, ich gebe eine Party. Nichts Großes, nur eine Likörverkostung. Ich habe ein paar neue Sorten.«

»Bloß nicht!« Henne hob abwehrend die Hände. Als er das letzte Mal leichtsinnigerweise die Kreationen des Freundes getestet hatte, war ihm mehrere Tage lang schlecht gewesen. Eine Wiederholung kam für ihn nicht in Frage. Eilig drückte er sich aus der Tür.

Zurück im Büro fand er Leonhardt in einen Blätterwust vergraben. Einen Moment lang beobachtete er ihn. Er registrierte die zwischen den Lippen hin und her schnellende Zunge, die ungeduldige Kopfbewegung, mit der sein Assistent das in die Stirn hängende, widerspenstige blonde Haar zurückwarf, die blitzenden Augen.

Zuneigung überkam ihn. Hagen Leonhardt war hartnäckig, sorgfältig und gewissenhaft. Ein fleißiger Kleinarbeiter, mehr als das, ein Freund. Er wusste, wenn es darauf ankam, konnte er ihm sein Leben anvertrauen.

»Was machst du da?«, fragte er.

»Ich durchstöbere das Archiv. Messerstechereien sind keine Seltenheit. Vielleicht finde ich einen Hinweis auf unseren Mörder.«

»Gute Idee. Hast du schon etwas gegessen?«

Leonhardt riss sich von der Akte los. »Nee, abgesehen von dem Schokoriegel, den mir deine Frau geschenkt hat.«

»Mir gibt sie nie einen ab. Du scheinst Eindruck auf sie gemacht zu haben.«

»Wahrscheinlich hatte sie Mitleid mit mir.«

»Wir müssen zur Ausländerbehörde. Auf dem Weg wird sich bestimmt eine Pommesbude finden.« Henne massierte seinen Bauch, in dem noch immer Kienmanns Schnaps rumorte.

»Den Weg können wir uns sparen. Ich habe vorhin mit einem Kollegen telefoniert. Die haben jede Menge Dunjas, Dorianas, sogar eine Donatelle. Aber keine Donata.«

»Ich gehe trotzdem hin. Vielleicht erkennt sie jemand auf dem Foto.«

»Glaube ich nicht. Ich habe das Bild gescannt und per E-Mail hingeschickt. Es ist sofort in Umlauf gegangen, bis jetzt ohne Resonanz. Wenn sie unter einem anderen Namen erfasst ist, hätten sie die Kollegen bestimmt identifiziert.«

Die Ausländerbehörde war in einem Verwaltungsgebäude im südöstlichen Teil der Stadt untergebracht. Vielleicht Absicht, wohnten doch im Viertel besonders viele Einwanderer. Henne tippte allerdings auf einen Zufall. Er konnte sich beim besten Willen nicht vorstellen, dass Beamte freiwillig die Nähe zu den Bürgern der Stadt suchten.

Sie hatten Glück. Der Leiter der Behörde, Harald von Gunsler, war in seinem Büro.

Henne ließ ihm keine Chance, sich mit dem Verweis auf eine wichtige Beratung davonzumachen.

»Wir können Sie auch vorladen«, meinte er lediglich und bewirkte damit, dass Gunsler plötzlich doch Zeit für ein Gespräch fand. Missmutig ließ er sie wissen, Leonhardts Anfrage sei eingehend beantwortet worden. Das tote Mädchen sei nicht registriert. Er setzte einige unbedeutende Floskeln hinzu und begann, sich lang und breit über die Arbeitsweise seines Amtes auszulassen. Die Aufgaben türmten sich, sodass man nicht wisse, was zuerst zu tun sei.

»Ich glaube Ihnen gern, unmöglich können Sie alle Ausländer erfassen.« Leonhardt gab sich loyal, ließ Gunsler aber keinen Moment aus den Augen.

»Dazu die Illegalen«, ergänzte Henne.

»Die Dunkelziffer ist hoch«, gab Harald von Gunsler zu.

»... und Ihr Bereich unterbesetzt. Wie die Polizei.«

»Genau, Herr Oberkommissar, das sage ich immer wieder, aber das will ja keiner hören. Statt mehr Personal einzusetzen, werden jedes Jahr Stellen gestrichen. Wohin soll der Unsinn noch führen? Egal, die Stadtverwaltung fährt einen harten Kurs. Wir sparen!« Gunsler entspannte sich. Gut, dass es ihm gelungen war, das Gespräch von der toten Nutte abzulenken.

Leonhardt räusperte sich. »Dieses Mädchen hat in einem Bordell gearbeitet. Dort finden regelmäßig Kontrollen statt. Ordnungsamt, Gewerbeaufsicht, Hygiene. Da wollen Sie uns weismachen, dass nie die Daten der Toten aufgenommen wurden? Dass Sie die niemals überprüft haben?«

Gunslers Finger verkrampften sich um den Kugelschreiber,

mit dem er beiläufig gespielt hatte. »Tatsache ist, wir haben keine Akte über diese Person.«

»Woher wollen Sie das so genau wissen? Haben Sie alle Ihre Schäfchen im Kopf?«

»Sie haben doch bereits recherchieren lassen«, wehrte sich Gunsler. »Weder unter dem Namen ...«

»Donata«, half Henne.

»Weder unter Donata noch dem Bild nach haben meine Mitarbeiter in den Datenprogrammen einen Vorgang gefunden.« Gunslers Blick fiel auf seine weiß hervortretenden Fingerknöchel. Er legte den Kuli hastig auf den Tisch.

»Computerprogramme können sich irren.«

»Wir haben das beste Verfahren, das auf dem Markt ist. Sogar eine Auszeichnung hat es dafür gegeben.«

»Ein Computer ersetzt keinen Menschen. Vielleicht kann sich doch einer Ihrer Leute an die Kleine erinnern.«

Gunsler erstarrte. Jedes Mädchen, das Mayer bei ihm abholte, musste an Dorit Dingel, der Sekretärin, vorbei. Dorit hatte ein unfehlbares Gedächtnis, elefantenähnlich. Die konnte sich noch Jahre später an Dinge erinnern, die ihm schon längst entfallen waren, und diese Donata war gewiss keine Frau, die man leicht vergaß. Verdammt! Doch nein, Dorit hatte ja Urlaub. Erleichtert atmete er auf. Vier Wochen Bolivien, eine Abenteuerreise. Bis sie zurück war, hatte sich der Rummel um die Tote längst gelegt.

»Fragen Sie ruhig!«, sagte er. »Aber ich warne Sie, es wird zwecklos sein.«

»Waren Sie schon einmal im Palmarosa?«, fragte Henne.

»Ich bevorzuge eine gutbürgerliche Atmosphäre«, erwiderte Gunsler verschnupft.

»So kennen Sie es immerhin?«

Gunsler schüttelte den Kopf. »Ich habe davon gehört. Eine Bar.«

»Offiziell Tabledance.«

»Ich sagte es bereits, diese Bar entspricht nicht meinem Niveau. Wenn Sie keine weiteren Fragen haben«, Gunsler wies auf den Terminkalender, »meine Zeit ist kostbar.«

Als sich die Tür hinter den Kriminalbeamten schloss, sackte er zusammen. Sein Puls raste, die Hände flatterten. Es hatte ihn schier unmenschliche Anstrengung gekostet, gelassen zu scheinen. Er durfte keinen Verdacht wecken, durfte um keinen Preis mit diesem toten Ding in Verbindung gebracht werden. Bis jetzt wusste niemand von seiner Rolle, abgesehen von Mayer natürlich. Wenn er aufflog, war er am Ende. Das würde ihm Irma niemals verzeihen.

Eine Stunde später hatten Heine und Leonhardt sämtliche in den Diensträumen der Ausländerbehörde anwesenden Mitarbeiter befragt.

»Den Aufwand hätten wir uns sparen können«, stöhnte Leonhardt. »Das hat auch nicht mehr ergeben als meine schriftlichen Anfragen.«

»Persönliches Erscheinen ist immer besser. So konnten wir uns wenigstens ein Bild von dem Laden machen.«

Leonhardt verdrehte die Augen. Früher oder später brachte Henne bei allen Ermittlungen seinen Lieblingsspruch vom persönlichen Erscheinen an. Diesmal kam er schneller als gewöhnlich.

»Gebracht hat es trotzdem nichts. Was hältst du von diesem Fatzke?«

»Gunsler?« Henne winkte ab. »Der ist bestimmt Anfang der Neunziger mit der Schwemme der Westbeamten gekommen. Niedriger Dienstgrad, prüfungsfreier Aufstieg. Die Ossis haben die Schnauze gehalten, sicherheitshalber. Viele waren froh, überhaupt im Staatsdienst bleiben zu dürfen. Beamtenleben, ruhig und sicher. Da hat man schon mal einen Chef von drüben in Kauf genommen.«

»Hast du gesehen, wie akkurat sein Scheitel war? Wie mit dem Lineal gezogen«, lenkte Leonhardt ab. Wenn es um das deutsche Beamtentum ging, zog Henne gern vom Leder. Passte man nicht auf, fand er kein Ende. Henne selbst hatte freiwillig auf den Status verzichtet und war bis heute mächtig stolz darauf.

»Äußerlichkeiten.«

»Dazu die goldene Krawattennadel, die Manschettenknöpfe. Ich wette, es war sein Familienwappen, was da so protzig auf blauem Grund prangte.«

Henne musterte seine speckige Lederjacke, dann Leonhardts Jeans. »Adel verpflichtet. Sei froh, wir können anziehen, was wir wollen.«

»Mir geht es doch nicht ums Aussehen«, verteidigte sich Leonhardt. »Der Mann ist glitschig wie ein Aal. Der lässt sich nicht greifen.«

»Er hat sich doch kooperativ gezeigt. Was willst du denn noch?«

»Ich weiß auch nicht.« Leonhardt blinzelte ratlos. »Er ist mir einfach unsympathisch.«

»Mensch, Hagen, wenn dir jeder sympathisch sein muss, den wir befragen, tust du mir leid.«

Insgeheim beschloss Henne jedoch, ein Auge auf den undurchsichtigen Abteilungsleiter zu haben. Außerdem konnte es nicht schaden, wenn er sein Hinterland unter die Lupe nahm. Familie, Herkunft, Karriere. Wozu sonst waren die Polizisten der Soko gut? Trockene Recherchen konnten sie ihm gerne abnehmen.

Auf dem Weg ins Büro deckten sie sich in einer Bäckerei mit belegten Brötchen ein.

»Etwas Warmes wäre mir lieber«, murrte Henne.

»Denk an deinen Bauch«, konterte Leonhardt. »Pommes und Bratwurst sind reines Fett.«

»Du kannst aber auch jede Hoffnung zerstören.«

»Ich mach es wieder gut.«

Während Henne nach der Tüte griff, sammelte Leonhardt das Kleingeld ein.

In der Polizeidirektion erwartete sie ein Aktenberg. »Schau an, die Kollegen waren emsig.« Leonhardt war begeistert.

»Ein neuer Hinweis?« Henne zeigte auf den Stapel und ließ sich in seinen Sessel fallen. Dann angelte er sich das erste Brötchen aus der Tüte.

Leonhardt schob den Stapel beiseite.

»Alte Kamellen. Messerstecher«, antwortete er und entschied sich für Salami mit Gurke.

Eine Weile kaute jeder vor sich hin. Während Henne in seinem Kalender blätterte, zog Leonhardt die Akten zu sich heran und begann zu lesen.

»Mensch«, sagte er plötzlich und stopfte schnell den letzten Bissen in den Mund.

Henne blickte auf.

»Hier.« Eine Akte schusselte über den Tisch. »Ein Fall aus den Achtzigern.«

»Lange her.«

»Zugegeben. Du wirst dich wundern, wer damals eine Vorliebe für Stichwaffen hatte. Nur ein Spiel mit Stiletten, hat er sich verteidigt, als er geschnappt wurde.«

Henne blätterte, dann pfiff er durch die Zähne. Die restlichen Brötchen interessierten ihn auf einmal nicht mehr.

»Paul Pascher. Wenn der Name mal kein Zufall ist!«

»Ist er nicht. Dieser Paul war Paschas Erzeuger.« Leonhardts Augen glänzten triumphierend. »Vater kann man dazu ja nicht sagen. Ein Gewaltverbrecher.«

»Nette Familie.«

»Er ist vor dreizehn Jahren abgenippelt. Im Bau, Herzversagen.«

»Meine Trauer hält sich in Grenzen. Er scheint ein gewaltiger Dreckskerl gewesen zu sein.«

»Ein Vorstrafenregister, das für eine ganze Gang reicht, dazu die Morde. Vier konnte man ihm nachweisen. Wer weiß, wie viele er noch auf dem Gewissen hatte.«

»Klein-Pascha, dem Einfluss eines Sadisten ausgesetzt«, grübelte Henne. »Am besten, wir beehren die Frau Mutter mit einem Besuch. Hast du ihre Adresse?«

Leonhardt tippte den Namen in die Meldedatei. »Naschmarkt 7, ganz in der Nähe. Ein Seniorenheim.«

»Worauf warten wir noch?«

SECHS

Die junge Schwester an der Rezeption des Seniorenheimes Goldener Herbst schenkte Leonhardt ein Lächeln, das ihre ebenmäßigen Zähne sehen ließ. Für Henne hatte sie nur einen flüchtigen Blick übrig. War wohl nicht ihr Typ.

»Frau Pascher, sagten Sie?«

Leonhardt nickte und beugte sich über den Tresen. »Es soll eine Überraschung sein.«

»Zimmer 405, vierte Etage.« Sie zeigte auf den Fahrstuhl. »Kommen Sie jetzt öfter?«

»Bestimmt«, versicherte Leonhardt treuherzig und zwinkerte ihr zu. »Bei so einer zuvorkommenden Behandlung!«

Die Lippen des Strahlebäckchens sprangen auf, und Henne befürchtete, ihre Mundwinkel würden bis an die Ohren reichen. Eine faszinierende Vorstellung. Schnell rief er sich zur Ordnung. Die Pflicht wartete.

Zimmer 405 lag am Ende des Korridors. Henne klopfte an die hellgelb gestrichene Tür, dann traten sie ein. Die klebrige, abgestandene Luft nahm ihnen den Atem. Heißer Altfrauendunst, gepaart mit dem Geruch nach Exkrementen und Kölnischwasser.

Henne blickte zu den bodentiefen Fenstern, die sich über die gesamte Front zogen. An den Griffen waren Schlösser, die Schlüssel jedoch fehlten. Vermutlich eine Sicherheitsmaßnahme zum Schutz der Bewohner.

Mutter Pascher hockte zusammengesunken in einem riesigen Ohrensessel und starrte vor sich hin. Trotz der brütenden Hitze trug sie einen Rollkragenpullover und darüber eine grob gestrickte Jacke. Sie war eine kleine, dürre Frau von knapp achtzig Jahren, klapprig und ausgezehrt, das Greisinnengesicht von tiefen Furchen übersät.

Die Schwester von der Anmeldung musste das Stationspersonal informiert haben. Eine Pflegerin schaute neugierig herein, um nach dem Rechten zu sehen, wie sie beflissen versicherte.

Leonhardt schob sie in den Flur und erklärte ihr, wer sie waren. Die Pflegerin war wohl doch nicht so neugierig, wie es auf den ersten Blick schien, denn plötzlich hatte sie Verständnis und verzog sich schnell.

Kaum war Leonhardt zurück, wandte sich Henne der alten Frau zu. »Wir möchten uns mit Ihnen über Ihre Familie unterhalten«, begann er.

Frau Pascher legte eine zittrige Hand ans Ohr. »Sie müssen lauter sprechen, junger Mann«, krächzte sie.

Er wiederholte, was er gesagt hatte.

»Familie? Ich hab doch bloß den Jungen.« Ihre Augen leuchteten auf.

»Sie sind Witwe, ich weiß. Ihr verstorbener Mann …«

»Hören Sie mir bloß mit dem auf«, unterbrach ihn Frau Pascher mit einer Heftigkeit, die ihn erstaunte. So klapprig schien die Alte wohl doch nicht zu sein. »Ein Tunichtgut, ich will nichts von ihm wissen.«

»Er ist tot, im Gefängnis gestorben.« Hennes Stimme war sanft.

Augenblicklich beruhigte sich Mutter Pascher. »Ja, ja.« Sie mümmelte vor sich hin. »Soll bleiben, wo der Pfeffer wächst.«

»Hat er sich viel um Ihren Sohn gekümmert?«

»Lauter, mein Lieber, lauter!«, forderte sie herrisch, von neuer Energie durchdrungen.

Henne schrie ihr seine Frage ins Ohr.

»Gekümmert? Der?«

Ein trockenes Lachen schüttelte den mageren Körper. Es erinnerte ihn an das Rascheln des Laubes, wenn die Kinder im Herbst durch die Haufen tollten. Herbst. Er fand, das passte irgendwie zu Irene Pascher, geborene Schmidtke, die im Herbst, dem goldenen – was für ein idiotischer Name für ein Altersheim –, auf den Tod wartete.

»Paule hatte andere Freuden«, unterbrach die Alte mit lauter Krähenstimme seine Gedanken. »Dem waren wir nicht gut genug.«

Dein Glück, dachte Henne. Ein Spruch fiel ihm ein: Der Tod ist nicht das Schlimmste, was einem im Leben passieren kann.

Stilett-Paule zum Beispiel war schlimmer, ein Freund geschliffener Messer. Seinen Opfern hatte er die Haut vom Fleische gezogen. Wer weiß, ob sie zu dem Zeitpunkt schon tot gewesen waren.

»Die Menschen bilden sich ein, sie hätten einen zweiten Versuch, einen dritten, unzählige. Sie glauben, unsterblich zu sein«, wechselte Mutter Pascher jäh das Thema. »Vor allem die Frauen. Sie sind wie Kinder!«, wisperte sie. Ein winziges, unberechenbares Lächeln huschte über ihr Gesicht. »Wie mein Pasi.« Ihre Augen verschwanden in einem Meer von Runzeln. »Ein guter Junge.«

»Pascha – Pascal, meine ich – führt einen Nachtclub, genau genommen ein Bordell.«

Henne musste seine Feststellung wiederholen, ehe Mutter Pascher in die Gegenwart zurückfand. Sie verstand ihn trotzdem nicht, vielleicht hatte sie wirklich keine Ahnung, wovon er sprach. Ihr Kopf ruckte zur Seite. Pergamentfarbene Haut schimmerte durch das spärliche Haar. »Hä?«

»Ihr Sohn lässt junge Mädchen in einem Puff arbeiten.«

»Oh nein, junger Mann, Sie irren sich.« Der Kopf rollte auf die andere Seite, auch dort beginnende Glatze. »Mein Sohn hat ein Restaurant. Er hat es mir selbst gesagt.«

Henne leistete ihr innerlich Abbitte. Auch wenn Mutter Pascher jetzt alt und zerstreut war, so war sie einmal jung gewesen und hatte sich dem Leben gestellt. Gewiss war es kein einfaches Leben gewesen, allein mit dem Jungen, den gewalttätigen Mann im Genick.

»Kennen Sie es? Waren Sie schon einmal dort?«

»Ich?« Wieder dieses Lachen, trocken und tot. »Pascal tut nichts Verbotenes.«

»Waren Sie im Palmarosa?«

Ein Kichern zwängte sich durch die zusammengekniffenen, dürren Lippen. »Ich verlasse das Haus niemals. Pascal besucht mich, der gute Junge.«

»Das ist dann wohl ein klares Nein«, meldete sich Leonhardt und erweckte damit die Aufmerksamkeit der alten Dame.

»Bist du es, Pasi? Komm her, ich kann dich schlecht sehen.«

Leonhardt wehrte sich, als er von Henne vorgeschoben wurde, doch es half wenig. Gegen zweihundert Pfund geballte Kraft war er machtlos.

Dürre Greisinnenhände glitten über Leonhardts Gesicht und verfingen sich in den blonden Strähnen.

»Was für ein Schabernack«, krächzte Mutter Pascher fröhlich. »Ich weiß genau, Pasi hat keine Locken.«

Locken? Henne zog eine Augenbraue hoch. Pasi hatte kein einziges Haar.

»Erzählt Ihnen Ihr Sohn von seinem Geschäft?«, fragte er.

»Gewiss, gewiss. Er kommt jede Woche und bringt mir Kuchen mit.«

»Nett von ihm.«

»Hier bekomme ich ja nichts. Weder zu essen noch zu trinken. Die lassen mich glatt verhungern.«

»Der Speiseplan sieht ordentlich aus«, wandte Leonhardt ein.

»Papperlapapp.«

»Ihr Sohn bringt also Kuchen mit. Der muss bestimmt geschnitten werden. Hat er auch ein Messer?«

»Messer? Spinnst du, junger Mann?« Irene Pascher stemmte sich aus dem Sessel und ging mit ausgestreckten Krallen auf Henne los. Ihre plötzliche Kraft überraschte ihn.

»Ein Messer kommt mir nicht ins Haus, verstanden, du Spitzbube?«

Sanft drückte er sie auf den Sitz zurück. Willenlos ließ sie es geschehen, die Anstrengung hatte ihre ganze Kraft aufgebraucht. »Er ist so ein guter Sohn, mein kleiner Pasi«, murmelte sie ein ums andere Mal.

Es war zwecklos. Irene Pascher war weder willens noch in der Lage, die Situation realistisch einzuschätzen.

Auf der Straße holte Henne tief Luft. »Pasi! Was soll man davon halten?«, fragte er.

»So sind Mütter eben«, erwiderte Leonhardt altklug. »Sie denken nur das Beste von ihren Kindern. Dazu scheint mir Mutter Pascher ein wenig wirr im Kopf zu sein.«

»Ein wenig?« Henne warf einen skeptischen Blick zurück, als wolle er sich vergewissern, dass die alte Frau nicht hinter der Gardine stand und ihnen zuhörte.

»Als meine Oma in dem Alter war, hat sie noch weniger mitbekommen. Sie war völlig durch den Wind. Altersdemenz, hat der Arzt gesagt, nichts zu machen. Früher oder später trifft es jeden.«

»Hoffentlich später«, knurrte Henne. Die Aussicht, seinen Lebensabend in Gesellschaft von Leuten wie Irene Pascher zu verbringen, ängstigte ihn.

»Manuela meint, man muss das Gehirn trainieren und aktiv sein. Dann bleibt man in Schwung.«

»Gute Chancen für uns, was?«

»Klar, wer sonst malträtiert seine grauen Zellen so sehr wie wir Kripoleute. Trotzdem liegt sie mir ständig in den Ohren. Neulich hat sie mir sogar ein Rätselheft auf den Nachttisch getan. Sudoku.«

»Erika liebt die Dinger auch. Die fördern logisches Denken, sagt sie.«

»Schön und gut, sag mir bloß, wann ich so etwas machen soll. Wenn ich ins Bett falle, bin ich todmüde. Du weißt doch selbst, wie lang unser Tag ist.«

»Deine Frau meint es nur gut.«

»Das tun Frauen immer. Deswegen lieben wir sie ja.«

Henne griente.

Sein Handy meldete sich. Gitta hatte eine Nachricht, die ihn frohlocken ließ. Im Revier Süd hätte ein Mann etwas Interessantes zu Protokoll gegeben. Bruno Lindmann, Fockestraße 19. Er solle doch mal flink vorbeischauen, vielleicht eine Spur.

Die Fockestraße lag glücklicherweise nur wenige Haltestellen von der Innenstadt entfernt, sodass sie beschlossen, die Straßenbahn zu nehmen. Auf einer so kurzen Strecke kamen sie damit allemal schneller voran als mit dem Auto und sparten sich gleichzeitig das leidige Problem der Parkplatzsuche in den permanent überfüllten Straßen.

Der Leipziger Süden galt als Hauptquartier von Yuppies, Studenten, alternativen Typen und einer aufstrebenden Mittelschicht, die sich den Anschein geben wollte, weltoffen und tolerant zu sein. Nummer 19 der Fockestraße sah nicht besser, aber auch nicht schlechter aus als viele andere Häuser der Gegend. Ein wenig heruntergekommen, doch noch immer vom Charme vergangener Zeiten geprägt.

Das Treppenhaus war lange nicht renoviert worden. An den Wänden schimmerte stellenweise blankes Mauerwerk durch den Putz, der Stuck an den Decken jedoch war noch gut erhalten. Die großen zweiflügligen Fenster mit ihren hohen, zum Teil mit bunten Scheiben versehenen Oberlichtern hingen in den untersten Stockwerken windschief in den Rahmen. Die durchgetretenen Treppenstufen aus ehemals blank poliertem Holz, das jetzt allerdings zerkratzt und verschmutzt war, knarrten bei jedem Schritt.

»Vierter Stock, hier müsste es sein«, sagte Henne und bemühte sich, nicht zu schnaufen. Der Aufstieg hatte ihn mehr angestrengt, als er zugeben mochte. Schuld waren sein Bauchansatz und die unübersehbaren Fettröllchen. Erika tat gut daran, auf seine gesunde Ernährung zu achten.

»B. Lindmann«, entzifferte Leonhardt die Bleistiftschrift auf dem Pappstreifen über dem dunkel verfärbten Messingschild, das seit Ewigkeiten keinen Kontakt mit einem Lappen gehabt hatte. Er klingelte.

Lindmann ähnelte dem Haus, in dem er wohnte: alt, ärmlich, mürrisch und doch von einer gewissen Grandezza. Misstrauisch studierte er Hennes Dienstausweis, ehe er die Männer in die Wohnung bat.

Im Flur herrschte Chaos. Angelruten, Köcher und Netze lagen neben Dosen und Schüsseln voll schwarzer, fetter Erde; letzte Wohnstatt eines breiten Spektrums lebenden Fischfutters, von dem Henne keineswegs genauer wissen wollte, welcher Art es angehörte. Ihm reichten die schlangengleichen Leiber, Flügel und dürren Beine, die im dämmrigen Licht der von der Decke hängenden Glühlampe glänzten. Über allem lag ein durchdringender Fischgestank. Leonhardt presste ein Taschentuch vor das Gesicht.

»Ziemlich empfindlich, Ihr Kollege.« Lindmann rümpfte verächtlich die gelbhäutige Nase, Folge eines Leberschadens.

»Sie haben auf dem Revier eine Aussage gemacht«, kam Henne zur Sache.

»Richtig.« Lindmann kratzte sich am Hinterkopf. »Ich hab von der Toten gelesen, in der Zeitung. Als ich das Gespräch gehört hab, dachte ich sofort, die Typen haben etwas damit zu tun.«

»Mal langsam und immer der Reihe nach«, bremste Henne. »Wann, wo, wer, was.«

Lindmann schniefte. »Ich war angeln, an der Pleiße, Schleußiger Weg, direkt unter der Beipertbrücke. Mein Stammplatz, wenn es regnet.«

»Gestern?«

»Genau, von fünf Uhr morgens bis gegen eins. Kurz bevor ich zusammengepackt habe, habe ich die Stimmen gehört. Ich dachte noch bei mir, wer stellt sich bei solchem Wetter auf eine Brücke.«

»Haben Sie gesehen, wer gesprochen hat?«

»Das nicht, aber es waren Männer. Zwei. Dafür lege ich meine Hand ins Feuer. Von Mädchen war die Rede und einem Puff. Ob die Sache erledigt sei, hat der eine gefragt. Die Gefahr ist gebannt, das Vögelchen singt nicht mehr, das war die Antwort. Wortwörtlich.«

»Sind Namen gefallen?«

»Nee, aber ich bin mir nicht sicher. Wenn Autos über die Brücke fahren, ist es ziemlich laut.«

Henne strich gedankenverloren über die Narbe, die sich mit einem leisen Ziehen zurückgemeldet hatte. »Können Sie uns die Stelle zeigen, an der Sie geangelt haben?«

Lindmann zögerte. »Angeln Sie etwa auch?«

»Unser Interesse ist berufsbedingt.«

»Ein guter Angelplatz ist unbezahlbar. Den will ich mir nicht wegschnappen lassen.«

»Keine Bange, Ihr Platz bleibt Ihnen erhalten. Ich hasse Angeln.«

»Also gut, wenn es unbedingt sein muss.«

»Es muss«, bestätigte Henne und folgte Lindmann.

Leonhardt, froh, in den Genuss frischer Luft zu kommen, schloss sich ihnen an.

Weit hatten sie nicht zu gehen. Nach wenigen Minuten waren sie am Ziel. Während Lindmann und Leonhardt oben blieben, stieg Henne den Hang zum Ufer hinab. Das Gras war nass und rutschig, er musste sich abstützen, fluchte, als er ausglitt und die letzten Meter auf dem Hosenboden nahm.

Unter der Brücke war es dämmrig. Die Autos rollten gleichmäßig über den Beton hinweg, dumpfe Geräusche hinterlassend, fern und keineswegs unangenehm. Nur manchmal, wenn ein Laster die Brücke überquerte, vibrierten die Wände und dröhnte die Luft.

»Kannst du uns hören?«, rief Leonhardt.

»Warte einen Moment!« Henne setzte sich auf einen Stein. »So, jetzt das Gespräch. Die gleichen Sätze, wenn ich bitten darf!« Wenn man Lindmann Glauben schenken konnte, musste er fast jedes Wort verstehen.

Zehn Minuten später wusste er, Lindmann hatte die Wahrheit gesagt.

»Dann kann ich mich jetzt wohl wieder um die Fische kümmern«, meinte der, als er neben Henne auftauchte und eine Angel startklar machte. Der Haken versank mit einem leisen Platschen im Wasser. »Sie warten schon auf mich«, flüsterte er selbstvergessen.

Henne machte, dass er auf die Brücke kam.

»Wie siehst du denn aus?«, empfing ihn Leonhardt und zeigte auf die schlammverschmierte Hose.

»Immer noch besser, als an Lindmanns Haken zu hängen. Die Fische tun mir leid, denen wird das Lachen vergehen.«

Er bohrte den Blick in das träge dahinfließende Wasser und suchte nach silbrig schimmernden Körpern. Können Fische lachen? Sich freuen? Die feuchte Hose erinnerte ihn an sein eigenes Unglück. »Machen wir uns vom Acker. Ich brauche trockene Sachen.«

Erika öffnete, und obwohl ihr Blick fragend an Hennes verschmutzter Kleidung hing, sagte sie nichts und verschwand gleich wieder in der Küche. Während Henne in trockene Sachen schlüpfte, machte es sich Leonhardt in der Wohnstube bequem.

Erika brachte eine Kanne heißen Kaffee nebst Streuselkuchen.

»Er ist noch warm, greift zu«, meinte sie und ließ die Männer allein.

Nicht so Dschingis. Der schmiegte sich an Leonhardts Knie und begleitete jeden Bissen mit einem sehnsüchtigen Blick, Sabberfaden inbegriffen.

»Hat Lindmann wirklich etwas gehört?«, nuschelte Leonhardt mit vollem Mund.

»Akustisch ist das durchaus möglich, der Test hat es bewiesen. Inhaltlich – wer weiß.«

»Der Mann ist Alkoholiker. Hast du die Pulle gesehen?«

»Nordhäuser, halb leer. Arme Leber!«

»Wie auch immer.« Leonhardt angelte nach einem zweiten Stück Kuchen, und Dschingis setzte sich in Positur. Leonhardt steckte ihm heimlich einen Bissen zu. »Lindmann ist die einzige Spur, die wir haben.«

»Zwei Männer, die auf einer viel befahrenen Brücke im Regen stehen, fallen auf. Möglich, dass sie auch von anderen Leuten gesehen wurden. Autofahrern beispielsweise.«

»Die Buslinie«, fiel Leonhardt ein. »Ein Fahrer könnte mehr wissen.«

»Ich suche am besten gleich die Verkehrsbetriebe auf. Du wirst dir unterdessen Paschas Akte vornehmen. Die Soko hat sämtliche Kenntnisse zusammengetragen, die jemals über ihn gesammelt wurden. Es dürfte alles im Büro liegen.«

»Heute noch?« Leonhardt schaute auf die Uhr. Die Tagesschau war längst vorbei.

»Also gut«, gab Henne nach. »Es war ein langer Tag. Wir sehen uns morgen.«

»Hoffentlich ergibt sich etwas, womit wir ihn festnageln können. Wir müssen an seine Kunden herankommen. Wenn wir die kennen, finden wir den Mann, den Erika in Begleitung der toten Donata gesehen hat.«

»Ich habe zwei Männer vor dem Palmarosa postiert. Sie kontrollieren jeden, der hineingeht oder herauskommt.«

»Das gibt Ärger«, unkte Leonhardt. »Ist Schuster informiert?«

Henne winkte ab. »Je weniger er weiß, umso besser.«

»Mensch Heinrich, warum willst du immer den eigenen Kopf hinhalten?«

»Keine Sachen, die den Alten in Schwierigkeiten bringen«, erinnerte Henne seinen Assistenten an den ungeschriebenen Ehrenkodex.

»Ja, ja, wirft ein schlechtes Licht auf die Kripo«, murrte Leonhardt, »aber deine Alleingänge sind keineswegs besser.«

»Was schert mich die Presse! Denen brauche ich nicht mit meinem Bauchgefühl zu kommen, die wollen Fakten. Sie sind Jäger: spekulieren, attackieren, kritisieren. Solange sie sich auf mich konzentrieren, kann die Soko in Ruhe arbeiten.«

»Deren Leiter du bist.«

»Eben! Chef im Visier, Kollegen in Ruhe. Und nun Schluss mit der Diskussion.«

Verärgert schob er Leonhardt aus der Tür. Insgeheim plagten auch ihn Zweifel. Handelte er richtig? Schadete er der Kripo? Er war kein Teamplayer, Schuster wusste das, alle anderen ebenso. Er hatte nie ein Geheimnis daraus gemacht, dass er am liebsten allein, bestenfalls mit Leonhardt zusammen arbeitete.

Dennoch gab er sich Mühe, vor allem seit ihn der Alte von Seminar zu Seminar schickte. Führungskräftefortbildung. Er seufzte. Über zwanzig Jahre als Kriminalist waren offensichtlich kein ausreichender Beweis für seine Qualitäten. Doch er wollte nicht ungerecht sein. Schuster schätzte ihn und seine Aufklärungsquote. Er folgte lediglich dem Druck der Personalabteilung. Sesselfurzer allesamt. Der Teufel sollte sie holen.

SIEBEN

Harald von Gunsler kam an diesem Abend ebenfalls erst spät nach Hause. Irma, seine Frau, hatte es sich in der Bibliothek bequem gemacht und blätterte in einem Hochglanzmagazin. Bei seinem Eintritt schaute sie überrascht auf.

»Du bist da?«

»Wie du siehst!«, knurrte Harald und ließ sich in einen der mit weißer Seide bespannten Sessel fallen.

Irma ging zur Bar und wählte einen trockenen Martini. Sie stellte das Glas vor Harald ab, zündete die Kerzen auf dem Kamin an und reichte ihrem Mann eine Havanna nebst Rauchbesteck. Alles geschah wortlos.

Harald nippte an dem Drink und verzog den Mund.

»Zu warm«, nörgelte er.

Irma erwiderte nichts und versenkte stattdessen zwei Eiswürfel in dem Glas. Erneutes Nippen, Zufriedenheit. Irma atmete auf.

»Hast du mit Grimmer gesprochen?«

»Ungünstiger Zeitpunkt.«

»Es eilt, das weißt du doch!«

»Das Haus läuft uns nicht weg.«

Irma zog scharf die Luft ein. »Es gibt zahlreiche Interessenten. Doktor Lehmann von der Commerzbank hat von Kreditverhandlungen gesprochen. Es wird ernst.«

»Wenn Grimmer nicht mitspielt, platzt jeder Kauf, Kreditverhandlungen hin oder her.«

»Deine Ruhe möchte ich haben.«

Harald zuckte mit den Schultern. Er wusste, Irma lag viel an der gut erhaltenen Gründerzeitvilla mit Blick auf die ausgedehnten Grünflächen des Rosentals. Eine Residenz, dem Familienstatus angemessen, gediegen und doch mondän, dazu in unmittelbarer Nähe der Innenstadt. Eine Perle, die sich Irma auf keinen Fall entgehen lassen wollte. Doch ohne Grimmers

Hilfe waren die Chancen gleich null. Zu wenig Kapital. Zudem wollten die Stadtväter solche Objekte lieber öffentlich nutzen.

»Bei Gelegenheit rede ich mit ihm«, versprach er. Mehr ließ er sich nicht abringen.

Später, sie saßen mit dem vom Vortag übrigen und nun aufgewärmten Gulasch nebst Spaghetti bei Tisch, klingelte das Telefon. Als Harald den Anrufer erkannte, verfinsterte sich sein Gesicht. Sein schneller Blick huschte zu Irma, prüfend und misstrauisch. Die schien sich nicht für ihn zu interessieren, sie war damit beschäftigt, die Nudeln auf ihrem Teller zu einem Nest zu drehen. Trotzdem hielt er es für besser, ins Nebenzimmer zu verschwinden.

Kaum war er hinaus, sprang Irma auf und schlich zur Tür. Sie lauschte, doch sie vernahm nur undeutliche Wortfetzen. Es war unmöglich, daraus auf den Inhalt des Gespräches zu schließen. Der Tonfall jedoch war eindeutig. Harald war aufgebracht.

Als er zurückkam, deutete nichts darauf hin, dass sie ihren Platz verlassen hatte.

»Ärger?«, fragte sie.

»Ich muss noch einmal weg.«

»Soll ich auf dich warten?«

Harald schüttelte den Kopf und griff nach seinem Mantel.

»Und dein Essen?«, rief sie ihm nach, aber er hatte das Haus bereits verlassen.

Mit zusammengebissenen Zähnen kippte sie seinen Teller in den Müll. Sie dachte an Victor. Der war ganz anders als Harald. Aufmerksam, männlich, zielstrebig. Der hätte den Kaufvertrag für die Villa längst unter Dach und Fach. Jammerschade, dass er ihr keine Zukunft bieten konnte. Er hatte von Anfang an klargestellt, dass eine Ehe für ihn nicht in Frage kam. Er wollte ihren Körper, ihre Schönheit, sonst nichts.

Er hatte sie umschwärmt, und an einem Abend vor zwei Monaten war sie schwach geworden. Seitdem trafen sie sich regelmäßig. Meist tagsüber, wenn Harald aus dem Haus war.

Sie hoffte inbrünstig, der Anruf hatte nichts damit zu tun. Sie war vorsichtig gewesen, dennoch konnten die Nachbarn etwas mitbekommen haben. Neider gab es überall.

Der Mann, der neben Harald von Gunsler den spärlich beleuchteten Parkweg entlangschritt, hätte ihn über Irmas Doppelleben aufklären können, doch er unterließ es. Schließlich hatte er selbst den Callboy auf die vernachlässigte Ehefrau des Beamten angesetzt. Eine Prüfung. Nicht für die Frau, die war ihm egal. Ihr Mann musste sich beweisen. Der war in letzter Zeit aufgefallen, und zwar negativ. Immer Ausflüchte zur Hand, fadenscheinige Begründungen, Entschuldigungen. Er war auf dem Weg, eine Gefahr zu werden, für sich, für ihn, für das gesamte Netz. Gut möglich, er quatschte irgendwann. So weit durfte es nicht kommen. Vielleicht sollte er ihn stärker unter Druck setzen? Doch ehe er handelte, musste er sicher sein. Deshalb Victor. Was immer die verehrte Gattin über die Geschäfte ihres Mannes wusste, Victor würde es herausbekommen.

Im gedämpften Licht wirkte die Einrichtung weit eleganter als tagsüber. Nadja hatte auf einem Barhocker Platz genommen. Sie wusste, Pascha beobachtete sie. Sie sah ihn nicht, spürte jedoch seinen Blick, kalt und hart. Sie unterdrückte das Zittern ihrer Hände und zwang sich, ihrem Nebenmann zuzulächeln. Dankbar nahm sie den Drink, den er ihr zuschob, und wartete. Sie hoffte, ihr bliebe noch ein wenig Zeit, doch vergebens. Der Keeper gab ihr einen Wink. Paschas verlängerter Arm, er sorgte dafür, dass sie nicht unnütz herumsaßen.

Gehorsam prostete sie ihrem Nachbarn zu und beugte sich vor. Er glupschte in ihr Dekolleté, grinste blöd und zog sie an sich. Er war ausgemergelt, sein hartes Kinn kratzte. Sie roch den Schweiß, den das teure Aftershave nicht zu überdecken vermochte. Spinnenfinger krabbelten ihre Wirbelsäule hinunter und gruben sich in ihren Hintern. Sie lächelte stärker, ihre Augen blieben jedoch starr. Gekonnt drückte sie sich an den Hungerhaken und nutzte die Gelegenheit, einen verstohlenen Blick über die Schulter zu werfen.

Der Platz links neben der Bühne war leer. Donatas Stammkunde war nicht da. Hatte er sie vergessen?

Nadja wies den Gedanken von sich. Donata hatte es ihr versprochen. Sie vertraute ihr, musste es, denn eine andere Hoffnung gab es nicht.

Seit Donata weg war, achtete Pascha noch strenger darauf, dass die Mädchen nicht miteinander sprachen. Wenn die Bar öffnete, ließ er sie von den Mamas einzeln aus ihren Verschlägen holen und so weit voneinander entfernt postieren, dass sie unmöglich miteinander reden konnten. War der letzte Kunde gegangen, wurden sie auf die gleiche Art zurückgebracht. Die meisten Mädchen hatten sich damit abgefunden. Sie lebten ohnehin nur für den nächsten Schuss. Sie selbst war nicht anders gewesen. Bis sie Donata kennengelernt hatte.

Es hatte länger als ein halbes Jahr gedauert, ehe sich eine Gelegenheit fand, ihr ein paar Worte zuzuraunen.

Die Mamas, zwei Lettinnen namens Ala und Luda, standen seit Ewigkeiten in Paschas Diensten. Ursprünglich als Masseusen eingestellt, hatten sie ihn während der kurzen Karriere als Muskelprotz betreut. Jahrelang hatten sie Bett und Heim mit ihm geteilt, einzeln oder zu zweit, je nach seinen Launen. Sie liebten ihn abgöttisch und waren ihm treu ergeben. Weder Paschas Impotenz noch seine Brutalität hatten das geändert, schon gar nicht die Eröffnung des Palmarosa.

Pascha hatte ihnen eine neue Beschäftigung gegeben. Sie bewachten die Goldmädchen, bildeten sie aus und sorgten dafür, dass sie ordentlich arbeiteten.

Die Mamas beteiligten sich nicht an den Sexspielen. Ab und an gönnten sie sich das zweifelhafte Vergnügen, den Mädchen bei der Arbeit zuzuschauen, doch das wusste niemand, nicht einmal Pascha. Ala und Luda verließen ihre Posten im Hauptraum niemals zur selben Zeit. Ihre wachsamen Augen bürgten für die strikte Einhaltung von Paschas Wünschen. Sie kannten keine Gnade.

Es war ein Glücksfall, damals. Nadja, in Ludas Begleitung auf dem Weg zur Toilette, musste an Donata vorbei. Ein Tablett voller Gläser schepperte zu Boden, und Luda war für einen winzigen Moment abgelenkt. Donata wisperte Nadja ihren Namen zu. Die war freudig zusammengezuckt, hatte sich aber gleich darauf wieder in der Gewalt gehabt. Luda hatte nichts mitbekommen. In der Folgezeit hatten die Mädchen immer wieder Wege gefunden, sich zu verständigen. Ein verstohlenes Zwinkern bedeutete, Donatas Stammkunde würde mit Nadja gehen und ihr beim Sex eine Nachricht ins Ohr flüstern. Ein Neigen des Kopfes hieß, sie hatte verstanden.

Auf die Art war der Plan entstanden. Der Mann wollte ihnen helfen, er hatte es immer wieder versprochen. Nur so konnten sie fliehen. Donata war die Erste, Nadja sollte folgen. Doch nun war der Stammkunde seit zwei Tagen nicht aufgetaucht. Seit Donata das Weite gesucht hatte.

Der Dürre presste seine feuchten Lippen auf Nadjas Hals und fingerte nach ihren Brüsten. Nadja schluckte die Tränen hinunter. Sie atmete schwer. Ihr Freier, eher Zurückhaltung gewohnt, schrieb ihre Erregung seinem Geschick zu. Angespornt orderte er eine Flasche Dom Pérignon, das Beste, was Paschas Bar zu bieten hatte. Nadja trank hastig. Sie vertrug keinen Alkohol. Der prickelnde Champagner stieg ihr schnell zu Kopf. Sie gluckste und schmiegte sich an den Dürren, als sie mit ihm in einem der Nebenzimmer verschwand.

Pascha nickte den Mamas zu. Luda rutschte von ihrem Hocker. Sie wusste, was zu tun war. Beruhigt lehnte sich Pascha zurück. Mit ein wenig Glück würde er bald wissen, was die kleine Nutte zu verbergen suchte. Er kannte die Mädchen, ahnte ihre Gefühle und Gedanken. Ihm konnten sie nichts vormachen.

Donata!

Auch sie war in letzter Zeit sonderbar gewesen. Ein wenig nur, ein Außenstehender hätte es niemals bemerkt. Ihm jedoch war es aufgefallen. Die langen Blicke, die Sehnsucht darin und dann die flatternden Wimpernschläge und das hastige Atmen, sobald er auftauchte. Anzeichen, die er zu deuten wusste. Donata hatte bezahlen müssen. Der Boss hatte dafür gesorgt.

Und Nadja?

Wenn sich seine Ahnungen bewahrheiteten, würde auch sie bluten. Ausnahmen konnten sich nur Versager leisten. Er war keiner.

ACHT

Henne musste zugeben, die Soko leistete ganze Arbeit. Ein Kollege hatte die Universität durchkämmt, ein anderer sämtliche Berufsschulen und Ausbildungsunternehmen. Donatas Foto war durch unzählige Hände gegangen, doch es war wie verhext. Nirgendwo kannte man das Mädchen. Sie schien vom Himmel gefallen zu sein.

Gewiss, sie hatten keine Ahnung, seit wann sie bei Pascha anschaffte. Das konnte schon Jahre so gehen, auch wenn Pascha das Gegenteil behauptet hatte. Der log das Blaue vom Himmel herunter, wenn er sich damit aus der Schlinge ziehen konnte.

Henne sinnierte mürrisch vor sich hin. Wenn er wenigstens eine Schlinge gehabt hätte, die er Pascha um den weißen Hals legen könnte! Der Lude war sauber wie ein Baby. Weder Steuerfahndung noch Hygienepolizei ermittelten gegen ihn. Nur im Ordnungsamt, da gab es einen Vorgang. Ein Hinweis auf einen kaputten Kühlschrank hinterm Tresen, festgestellt bei einer Routinekontrolle, der sich alle Kneipen unterwerfen mussten. Natürlich hatte Pascha den Kühlschrank umgehend ausgetauscht. Wegen solcher Dinge ließ er sich nicht ans Bein pissen.

»Irgendwelchen Dreck muss der doch am Stecken haben«, fluchte Henne und wischte sich den Schweiß von der Stirn.

Das Thermometer war von einem Tag auf den anderen in die Höhe geklettert. Dreiunddreißig Grad im Schatten, was für eine Schweinehitze!

»Trink Wasser«, empfahl Leonhardt und steckte den Kopf zurück zwischen die Aktendeckel.

»Was gräbst du da eigentlich aus?«

»Mutter Pascher hat mich auf eine Idee gebracht. Von ihr werden wir kaum etwas über Pascha erfahren. Aber wir könnten seine Wohnung unter die Lupe nehmen.«

»Ohne Durchsuchungsbeschluss?«

»Ein unverfänglicher Besuch, einer lenkt ihn ab, der andere schaut sich beiläufig um.«

»Gute Idee«, stimmte Henne ohne große Überzeugung zu.

»Wo wohnt er überhaupt?«

»Nikischplatz, beste Adresse.«

»Dann mal los.« Der Nikischplatz war fußläufig in gut zehn Minuten zu erreichen. Henne war froh darüber. Im Auto mussten sechzig Grad herrschen, das tat man sich nur an, wenn man unbedingt musste oder eine Klimaanlage besaß. Henne hatte keine, also gingen sie zu Fuß.

»Pass auf, dass du dich nicht zu sehr auf den Luden versteifst«, warnte er Leonhardt.

»Jetzt mach mal einen Punkt! Bisher warst du derjenige, der ihn unbedingt verknacken wollte.«

Henne nickte beschwichtigend. Er hatte Pascha nach wie vor im Visier, doch er hatte gründlich nachgedacht. Ein Mord war dem Zuhälter durchaus zuzutrauen, und ein Motiv konnte gefunden werden, wenn man lange genug suchte. Aber dass der weiße, große Mann ungesehen nachts durch die Leipziger Innenstadt laufen und ein Messer in einen Mädchenleib rammen konnte, war mehr als unwahrscheinlich. Pascha war bekannt wie ein bunter Hund, zudem war er nie allein unterwegs. Die zwei verblühten Lettinnen und er waren unzertrennlich. So ein Dreier musste einfach auffallen. Das Risiko war für Pascha viel zu groß. Er mochte brutal und gierig sein, dumm war er jedenfalls nicht.

Pascha war nicht zu Hause oder wollte nicht öffnen. Es machte keinen Unterschied. Henne und Leonhardt lungerten eine Weile vor dem Haus herum. Die Gegend war in den letzten Jahren aus dem Dornröschenschlaf erwacht. Die Häuser waren saniert, sehr hochwertig, alles vom Feinsten. Nur an Parkplätzen mangelte es. Trotzdem waren alle Wohnungen belegt, und das in einer Stadt, in der noch immer ein Leerstand von zehn Prozent herrschte.

»Welcher Luxus«, murmelte Henne, der durch die Scheibe der Haustür ins Innere lugte.

»Was?«

»Das Treppenhaus. Granitboden mit Mosaik, Kronleuchter, Teppichläufer.« Er strich über die schwere Messingklinke.

»Die Leute gönnen sich wieder was.«

»Erklär das den Arbeitslosen.«

»Was willst du?« Leonhardt blieb gelassen. »So ist das nun mal, es gibt Arme und Reiche.«

»Du machst es dir ziemlich einfach.«

»Schau mal nach links.« Leonhardt stieß Henne den Ellenbogen in die Seite.

»Mensch, der Mayer.«

Mayer musste sie gesehen haben, doch statt auf sie zuzukommen, hatte er es plötzlich eilig. Dumm nur, dass er in die Richtung lief, aus der er soeben gekommen war. »Sieht aus, als wolle er uns aus dem Weg gehen.«

Nachdenklich kratzte sich Henne im Genick. Angewidert blickte er auf den verschmierten Film auf seinen Fingern. »Scheiß Hitze, ich kann es nicht oft genug betonen.«

»Lass uns zurück ins Büro gehen. Hier stehen wir bloß sinnlos herum.«

»Wenn wir schon hier sind, können wir uns ein kühles Bier gönnen.«

Die Kneipenmeile lag gleich um die Ecke, und die Kommissare fanden schnell ein schattiges Plätzchen.

»So lässt es sich aushalten«, seufzte Henne und streckte die Beine aus. Der Holzstuhl, auf dem er saß, ächzte bedenklich. Er bestellte ein Dunkles. Der Kellner kassierte gleich ab. Vermutlich traute er ihm zu, die Zeche zu prellen.

Vier fünfzig für ein Bier, ein satter Preis, für Arbeitslose unerschwinglich. Das sollte selbst einen gut verdienenden Leonhardt zum Nachdenken bringen, doch Henne hatte keine Lust mehr auf politische Diskussionen.

Leonhardt marschierte aufs Klo. Auf dem Rückweg stolperte er über einen kleinen Mann, der Citycards in die Ständer vor den Toilettenräumen schob.

»Sieh an, der Stumpe.«

Stumpe war ein Kleinkrimineller, ein Langfinger, in eingeweihten Kreisen als »das flinke Karlchen« bekannt. Leonhardt hatte ihn schon oft überführt. Manche Kollegen behaupteten sogar, er gehe in Stumpes Wohnung ein und aus. Noch nie hatte Stumpe Besserung gelobt, umso mehr überraschte es den Kommissar, ihn beim Verteilen der Werbekarten zu sehen.

»Seit wann gehst du einer ordentlichen Arbeit nach?«

»Sagen Sie es bloß keinem weiter.«

»Du solltest stolz darauf sein.«

Das flinke Karlchen schaute unglücklich. »Es ist ein Hungerlohn, aber ich brauche jeden Cent. Meine Holde ist wieder schwanger.«

»Menschenskind, du hast doch schon sechs Kinder.«

»Was soll ich machen? Sie ist nun mal scharf auf mich, ich bin auch bloß ein Mann.«

Leonhardt schob geflissentlich das Bild der mit dem kleinen Karl kopulierenden übergewichtigen Frau Stumpe von sich.

»Hast du dieses Mädchen schon einmal gesehen?«, wechselte er das Thema und hielt ihm Donatas Foto unter die Nase. Er wusste selbst nicht, was ihn dazu bewog, reine Routine.

Das flinke Karlchen krauste die Stirn.

Leonhardt kannte die Geste zur Genüge. Er faltete einen Zehner und ließ ihn in Stumpes Jackentasche verschwinden.

»Ich hab es!« Stumpes Falten glätteten sich. »Der dämliche Bulle ist mit der Süßen hier vorbeigewackelt. Lange her, trotzdem erkannt.«

Der dämliche Bulle war Mayer. Das flinke Karlchen und seine Kumpane hatten ihm den Namen anlässlich einer groß angelegten Razzia in der Kneipenmeile verpasst. Damals wurde nach Drogen gefahndet. Jeder wusste, Stumpe und Konsorten klauten Geldbörsen, und zwar vorzugsweise bei Gästen, die ihre Jacken achtlos über Stuhllehnen hängen ließen. Mit Drogenhandel hatte das so viel zu tun wie ein Pfau mit einem Geräteschuppen. Mayer war das egal gewesen, er hatte alle in Verwahrung genommen. Das flinke Karlchen war nicht nur mit den Händen, sondern auch mit der Zunge erstaunlich flink. Er hatte Mayer in einen zum Schreien komischen Disput verwickelt und war erwartungsgemäß Sieger geblieben, wenn auch ungekrönt. Seitdem hatte Mayer seinen Spitznamen weg.

»Du erinnerst dich genau?«, hakte Leonhardt nach.

»Und ob.« Stumpe tippte sich an die Stirn. »Hier oben ist alles in bester Ordnung.«

»Wann und wo?«

»Lassen Sie mich nachdenken.« Ein zweiter Schein wechselte den Besitzer. »Er ist die Straße runtergefahren. In einer Bullenkarre, was sonst. Sie saß neben ihm auf dem Beifahrersitz. Nur deshalb habe ich überhaupt hingesehen. Normalerweise sitzen Zivile hinten.«

»Wann?«

»Muss voriges Jahr gewesen sein. Irgendwann zwischen Pfingsten und Heiligabend.« Stumpe war Mitte Mai entlassen worden und, nachdem er zwei Monate später auf dem Bauernmarkt bei der von ihm bevorzugten Arbeit vom Arm des Gesetzes erwischt worden war, kurz vor Weihnachten erneut eingerückt.

Henne konnte kaum glauben, was Leonhardt in Erfahrung gebracht hatte.

»Der hat ganz klar eine Macke, dein Stumpe.«

»Er sagt die Wahrheit.«

»Meine Güte, hast du ein Vertrauen!«

»Nur gute Argumente.« Leonhardt rieb Zeigefinger und Daumen aneinander. »Das flinke Karlchen weiß, wenn er mich bescheißt, hole ich mir die Knete zurück.«

»Ich fasse es nicht, du bestichst einen Kriminellen! Was dazu wohl deine geliebten Vorschriften sagen.«

»Jedenfalls habe ich einen handfesten Hinweis an Land gezogen«, grummelte Leonhardt.

»Kein Grund, beleidigt zu sein. Lass uns hören, was Mayer dazu meint.«

»Bist du irre? Der rastet aus.«

»Ich freue mich schon darauf.«

Mayer kniete schwitzend hinter seinem Schreibtisch und stocherte im Wirrwarr diverser Kabel herum, die in einem Bodentank endeten. Beim Anblick der Kommissare winkte er ungeduldig ab. Henne und Leonhardt ließen sich davon nicht beirren, nahmen am Besuchertisch Platz und warteten, bis sich Mayer schließlich in seinen Bürosessel hievte. Ungeduldig trommelte er auf der Schreibtischplatte herum, während Henne erzählte. Je länger Henne sprach, umso wütender wurde Mayer.

»Was unterstehen Sie sich, Sie ungehobelter Klotz?«, brüllte er, nachdem ihm aufgegangen war, die Kommissare verdächtigten ihn tatsächlich.

»Mal sachte, Herr Mayer.«

»Höre ich recht, Herr Mayer?« Mayers Gesicht färbte sich puterrot.

Henne lächelte sanft. »Okay, da Sie so viel Wert darauf legen, dann eben Herr Revierleiter Dienstellenchef Oberguru Mayer.«

»Ich verbitte mir Ihre Unverschämtheiten. Ohnehin habe ich nicht die Absicht, mir diesen Quatsch weiter anzuhören.«

»Verstehen Sie uns bitte richtig«, mischte sich Leonhardt ein. »Wir überprüfen lediglich eine Angabe. Haben Sie dieses Mädchen gesehen, inhaftiert oder Sonstiges?«

Mayer starrte Leonhardt böse an. »Möglich«, lenkte er dann widerwillig ein. »Sie kennen das ja. Man trifft täglich mit unzähligen Menschen zusammen. Da kann man sich nicht an alle erinnern.«

»Wie wäre es mit Gedächtnistraining?«, empfahl Henne.

»Jetzt blasen Sie sich mal nicht so auf! Hier im Revier ist die Hölle los. Vierzig, manchmal fünfzig Besucher am Tag. Anzeigen, Vorsprachen, Sachaufklärungen. Sagen Sie mir gefälligst nicht, wie ich meinen Job zu machen habe.«

»Oberkommissar Heine meint es nicht so«, beschwichtigte Leonhardt schnell. Wie sonst, dachte Henne, doch er schwieg.

»Wenn ich mit der Braut unterwegs war, steht es im Dienstbuch. Dort finden Sie alle Fahrten, einschließlich Grund, Dauer, Mitfahrer. Ich hoffe, das genügt Ihnen.«

»Sehr freundlich«, dankte Leonhardt.

Henne drückte sich grußlos aus der Tür.

»Was machen wir jetzt?«, fragte Leonhardt.

»Du prüfst das Dienstbuch, ich versuche es nochmals bei Pascha.«

Doch auch diesmal hatte Henne kein Glück.

Auf dem Rückweg ins Büro kaufte er am Kiosk eine Zeitung. Er überflog die Schlagzeilen. Der Mord war von der Titelseite nach hinten gerutscht. Die Pressefritzen hatten genug spekuliert. Es gab keine Neuigkeiten, also war das Thema uninteressant geworden.

Schuster musste es freuen. Henne freute sich nicht. Ihm wäre es lieber, die Presse würde weiter Druck machen. Kein Täter war dem auf Dauer gewachsen. Früher oder später machte jeder einen Fehler, und dann konnte er geschnappt werden.

Auch Mayer würde irgendwann dran glauben.

Der Tag wurde lang. Bericht über Bericht flatterte auf Hennes Tisch. Er musste alle lesen, das war er sich als Leiter der Soko schuldig. Er mühte sich durch das Papier, unterstrich, kreuzte an, stellte Fragen. Die Kollegen suchten nach Antworten, aber zu vieles blieb offen.

Er arbeitete, bis er nichts mehr aufnehmen konnte. Müde rieb er sich die Augen und schaute auf die Uhr. Die Tagesschau war längst vorbei. Er sollte sich nach Hause scheren, einen Happen essen, hinlegen und ausruhen. Er hatte es bitter nötig.

Sein Blick fiel auf den Kalender. Mist, er hatte Ulrikes Geburtstag vergessen. Noch am Morgen hatte ihn Erika daran erinnert und gebeten, pünktlich um sechs zu Hause zu sein. Bestimmt gab es Ärger. Die strenge Ulrike hatte Prinzipien, Pünktlichkeit war eines davon. Wenn schon, sie war schließlich Erikas Freundin, nicht seine.

Pascha wählte und wartete. Er musste den Boss informieren, hätte es schon gestern getan, doch er hatte keine Ahnung, wie er ihn erreichen konnte. Für ihn gab es bloß die Nummer dieses langhaarigen Muskelpaketes. Der war jedoch nicht ans Telefon gegangen. Dabei musste er gesehen haben, dass er angerufen hatte, und konnte sich denken, dass es einen wichtigen Grund gab. Ohne einen solchen keinen Kontakt, das hatte der Gorilla gleich zu Beginn klargestellt. Angeblich eine Anweisung des Bosses. Wer weiß, ob das stimmte. Er traute Victor zu, auf eigene Faust zu handeln.

Endlich die raue Stimme im Hörer: »Ja?«

»Ich bin es.«

»Komm zur Sache, Mann.«

Pascha schluckte die Antwort, die ihm auf der Zunge lag, herunter. »Die Bullen waren bei mir.«

»Kein Wort mehr, ich bin gleich da.«

Verärgert unterbrach Pascha die Verbindung. Kleinliche Sicherheitsvorkehrungen, der Russe musste denken, das KGB sei hinter ihm her. Dabei herrschten in der Lubjanka jetzt andere. Das FSB zum Beispiel. Von dem hatte Victor nichts zu befürchten. Der Föderale Sicherheitsdienst war nur für das russische Inland gedacht, und das mied Victor seit Jahren. Auslandseinsätze liefen unter dem Nachrichtendienst, aber auch den kümmerte ein vor Ewigkeiten abgehauener Killer vermutlich wenig. Pascha war gut unterrichtet. Er hatte Kontakte, die er vor allem seinen beiden lettischen Freundinnen verdankte. Es gab Zeiten, da waren Ala und Luda gern gesehene Gäste beim KGB gewesen. Auch wenn es den alten Geheimdienst nicht mehr gab, die Verbindungen waren geblieben.

Was wusste schon einer wie Victor, was in seiner Heimat vor sich ging! Den band nichts an Mütterchen Russland und Traditionen, den interessierten nur Muskeln, Mädchen und Messerspielchen.

Pascha hatte seine Überlegungen noch nicht zu Ende gedacht, da tauchte Victor auf. Ungefragt ging er um den Tresen herum und nahm sich ein Wasser aus dem Kühlschrank. Pascha ließ es zu. Sie waren allein, das Palmarosa war leer, von den Mädchen in ihren Kammern abgesehen, und die waren keine Hilfe.

»Fang an«, sagte Victor kühl.

»Die Bullen waren bei mir, diesmal zu Hause.«

»Und?«

»Keine Ahnung, was die wollten. Ich habe nicht geöffnet.«

»Bist du verrückt? Das macht sie doch misstrauisch.«

Wenn hier einer verrückt ist, dann du mit deinem Verfolgungswahn, dachte Pascha und sagte: »Man wird ja wohl noch ausgehen dürfen. Kein Mensch ist ständig daheim.«

»Ich werde es dem Boss sagen.«

»Wichtiger ist, dass er sie mir künftig vom Hals hält. Ich habe keinen Bock auf diesen irren Oberkommissar und seinen Schatten.«

»Warum sollte sich der Boss um deine Probleme kümmern?«

»Damit die Bullen nichts erfahren, kapiert?«

»Du willst auspacken?« Victor musterte Pascha wie ein Tiger seine Beute.

»Nein.«

Victor warf die Wasserflasche ins Spülbecken, dass sie in unzählige Teile zerbarst. »Ich werde es dem Boss ausrichten. Ich hoffe, du bist ein guter Junge.« Gemächlich verließ er den Raum.

»Leck mich«, murmelte Pascha und schickte ihm einen wütenden Blick hinterher.

Henne starrte auf die Gardine, die sich im geöffneten Fenster blähte. Er fand keinen Schlaf. Zu viele Gedanken trieben ihm durch den Kopf. Erika zum Beispiel. Er wusste, er hatte sie enttäuscht. Gestern hatte er Ulrikes Geburtstag ignoriert, heute den nächsten Abend vermasselt. Erika war überraschend im Büro aufgetaucht und hatte jedes Argument vom Tisch gewischt. Gepflegt essen gehen, hatte sie gemeint und den Weg Richtung Westin, dessen Restaurant viel gerühmt wurde, eingeschlagen. Ergeben war er mitgegangen, obwohl er lieber im Büro geblieben wäre.

Am Brühl war sie vor einem Schaufenster stehen geblieben. »Weißt du noch? Damals war hier ein Juwelier. Götz Hansen, sehr bekannt. Ich glaube, er führte das Geschäft in dritter Generation. Wir haben unsere Eheringe bei ihm gekauft.«

Henne hatte abwesend genickt. »Brühl« bedeutete »Sumpf« und sollte dem Namen nach an die Schwierigkeiten erinnern, mit denen die Altvorderen das ehemals morastige Gebiet trockengelegt hatten. Der Mordfall Donata entwickelte sich zu einem nicht minder schmutzigen Gewässer, denn noch immer fischte er im Trüben.

Erika hatte geschmollt: »Du hörst mir gar nicht zu.«

Er hatte sich entschuldigt, doch sie hatte darauf bestanden, den Restaurantbesuch zu vergessen und stattdessen nach Hause zu fahren.

Ihm war es nicht gelungen, seine Freude zu verbergen. Er war ein schlechter Schauspieler.

Zu Hause hatte sie den Rest Kesselgulasch vom Vortag serviert. Saftig und mit Fettaugen obendrauf, genau wie er ihn am liebsten mochte. Nervennahrung, wegen des Mordes, der ihn mehr mitnahm, als er zugeben wollte, so ihr Kommentar. Er hatte nichts erwidert. Er musste erst einmal verdauen, dass sie ihn immer noch so leicht durchschauen konnte.

Nach dem Essen war sie zum Aufräumen in der Küche verschwunden. Zeit für ihn, sich mit Lissy, seinem Saxophon, ins Schlafzimmer zu verziehen. Bei der Musik hatte er sich bisher stets entspannt. Diesmal war es ihm schwergefallen. Er konnte sich nicht konzentrieren. Die wahllos angeschlagenen Töne weigerten sich, eine Melodie zu bilden. Nach einigen Versuchen hatte er abgebrochen.

Erika hatte ihn wortlos in die Arme genommen. Ihr Duft war wie eine schützende Hülle. Er hatte sich darin vergraben. Jetzt schlief sie längst, ermattet von ihrer Liebe.

Er hingegen wälzte sich seit Stunden unruhig von einer Seite auf die andere. Wie gern wäre er der Mann, den sie sich wünschte! Einer, der da war, wenn sie ihn brauchte. Der Zeit für sie hatte, immer.

Er konnte nicht über seinen Schatten springen. Der Job ließ ihm keine Ruhe. Für ihn war es eben nicht nur ein Beruf, er fühlte sich berufen. Wenn er einen Fall hatte, vergaß er Zeit und Raum.

Sein Herz schmerzte vor Sehnsucht, als er Erika betrachtete. Er wollte sie nicht noch einmal verlieren. Er brauchte sie genauso wie seine Arbeit.

Leise stand er auf und schnappte im Dunkeln seine Sachen. Erst im Wohnzimmer zog er sich an, bemüht, so wenig Geräusche wie möglich zu machen. Im Korridor griff er seine Jacke und stieg über den ruhenden Dschingis Khan hinweg. Als er die Wohnungstür öffnete, hob die Dogge den Kopf und schaute ihn aus müden Augen an. Henne legte einen Finger auf den Mund. Erleichtert atmete er auf, als Dschingis unmerklich schnaufte und sich wieder zusammenrollte. Dem Hund schien es nichts auszumachen, dass sein Herrchen zu nachtschlafender Zeit das Weite suchen wollte.

Auf den Straßen herrschte angenehme Ruhe. Henne verzichtete auf das Auto und ging zu Fuß. Die frische Luft tat ihm gut.

Wie von selbst trugen ihn die Füße durch die Stadt. Er achtete nicht auf den Weg und fand sich auf einmal im Zentrum wieder. Er querte den alten Marktplatz und schritt gemächlich durch die Petersstraße zum Rathaus hinüber. Er verkniff sich den Blick über den Burgplatz zum Palmarosa. Er suchte auch nicht die zur Bewachung abgestellten Kollegen.

Am Haupteingang des Ratskellers blieb er kurz stehen. Er schaute die hellen Kalksteinmauern entlang nach oben zu den Skulpturen. Der Anblick des Kämmerers, der den unter ihm hockenden Steuerzahler zu verschlingen drohte, erfüllte ihn mit grimmiger Genugtuung. Der Baumeister hatte Witz bewiesen. Und Mut. Wo fand man das heute schon noch? Die neumodische Leipziger Architektur jedenfalls war leblos wie andernorts auch.

Der Brunnen vorm Rathaus plätscherte vor sich hin. Henne spürte unvermittelt, wie seine Blase drückte. Er wandte sich ab und beschleunigte schräg über den Stadtring in Richtung des steinernen Ungetüms, in dessen Fensterscheiben sich das fahle Mondlicht brach. Der Sitz der Polizeidirektion.

Umständlich zückte er seinen Schlüssel und drückte die schwere Eingangstür auf. Der Lichtkegel der Straßenlaterne schwappte über die Schwelle und verschwand, als die Tür mit überlautem Knall ins Schloss fiel. Empfangshalle und Gänge lagen im Dunkeln. Die Notbeleuchtung, in einer Kette von je drei Metern Abstand knapp über dem Fußboden an den Wänden angebracht, riss bizarre Flecken aus der Nacht. Es roch nach Desinfektionsmittel und Toilettenspülung. Mittwoch, Putztag. Die Kolonne musste schon durch sein.

Seine Blase brachte sich in Erinnerung. Er stiefelte den Gang entlang zum Männerklo. Wie immer war es offen. Das Neonlicht des Waschraumes kniff in den Augen. Er beeilte sich. Beim Händewaschen riskierte er einen Blick in den Spiegel und erschrak. Die Augen lagen über tiefen Ringen, die Narbe stach rot aus müder, grauer Haut hervor. Wie ein Kandidat für die Geisterbahn, dachte er und schaufelte sich Wasser ins Gesicht, bis die Kälte in den Fingern zwickte.

Schon besser, befand er nach einem erneuten Blick auf sein Spiegelbild.

Das Papier, mit dem er sich abtrocknete, roch muffig. Angewidert versenkte er es im Abfallbehälter.

Da er nun schon hier war, beschloss er, ins Büro zu gehen.

Wie jedes Mal, wenn er nachts sein Büro betrat, und das tat er oft, wunderte er sich, wie verlassen es ohne Hagen Leonhardt wirkte. Als ob es eine Abstellkammer wäre und kein Büro, in dem tagsüber pausenlos das Telefon klingelte. Vielleicht lag es an der Stille.

Er setzte sich im Dunkeln hinter seinen Schreibtisch. Der hereinscheinende Mond verlieh dem Raum einen friedlichen Zauber. Kaum vorstellbar, dass all die Akten, die sich auf den Tischen türmten, voll von Verbrechern und ihren schlimmen Taten waren.

Henne verspürte unverhofft Appetit auf einen Kaffee. Nun schaltete er doch das Licht ein, und während er wartete, dass die Maschine mit dem vertrauten Röcheln anzeigte, dass der Kaffee durchgelaufen war, wanderten seine Gedanken zurück ins Palmarosa.

Es war anders als sonst gewesen. Das lag nicht an der neuen

Einrichtung. Es war Pascha, das war ihm plötzlich klar. Keinen Augenblick lang glaubte er, dass Paschas Redseligkeit auf Dschingis' Gegenwart zurückging.

Ein Bordellbesitzer, der Angst vor Hunden hatte, hielt sich nicht lange. Gerade im Milieu waren Hunde Statussymbol. Auch wenn Pascha selbst keine hielt, wusste er doch mit ihnen umzugehen. Er hatte ihnen eine Komödie vorgespielt, das Märchen von seiner angeblichen Furcht eingeschlossen. Vermutlich hatte er sich danach halb totgelacht. Er glaubte, ihnen ein Schnippchen geschlagen zu haben. Wenn er sich da mal nicht irrte!

Henne goss den Kaffee in die Tasse, dass sie überschwappte. Verdammt, wieder ein Fleck auf der Hose. Erika würde schimpfen.

»Da komme ich ja genau richtig.« Leonhardt schloss die Tür und griff ebenfalls nach einer Tasse, als wäre es das Normalste von der Welt, mitten in der Nacht im Büro aufzutauchen.

»Was machst du denn hier?«, wunderte sich Henne.

»Die Drillinge haben Keuchhusten. Ich krieg dabei kein Auge zu. Da kann ich ebenso gut arbeiten.«

»Willkommen im Club.«

»Wieso? Ist Erika etwa auch krank?«

»Das nicht, aber ich hab mich ebenfalls nur herumgewälzt.«

Leonhardt hustete, als er sich die Zunge am heißen Kaffee verbrannte. Hastig setzte er die Tasse ab. »Wo fangen wir an?«

»Am besten von vorn.«

Sie brauchten genau zwei Stunden, um die bisherigen Erkenntnisse aufzulisten.

»Viel ist es nicht«, seufzte Leonhardt und schob die Akten enttäuscht zusammen.

»Wir müssten Paschas Damen befragen.«

»Das lässt der Alte niemals zu.«

»Ich rede trotzdem mit ihm.«

»Spar es dir!« Leonhardt schnippte ein imaginäres Stäubchen von seiner Jacke. »Schuster lässt dich nur mit einem Durchsuchungsbeschluss auf Pascha los.«

»Wer sagt denn, dass ich die Bude auf den Kopf stelle? Wir

ziehen es kurz nach Öffnung durch, wenn die ersten Kunden kommen. Pascha kann sich keinen Krach leisten, wenn er sie nicht verschrecken will.«

»Die Hoffnung stirbt zuletzt.« Leonhardt guckte skeptisch, dann stand er auf und ließ den längst erkalteten Kaffee im Ausguss verschwinden.

Auf dem Flur stellten sich die üblichen Geräusche des beginnenden Dienstes ein. Absätze knallten, Grüße flogen umher, Türen klapperten. Ein Freitagmorgen wie jeder andere, sollte man meinen. Für Henne hielt der Tag allerdings eine Überraschung bereit.

NEUN

Punkt neun begann das wöchentliche Meeting. Rapport beim Alten, obwohl sich Schuster den Anschein gab, dass seine Kommissare jederzeit ihre Meinung kundtun durften. Außer Henne hütete sich jeder, das Angebot anzunehmen. Schuster bevorzugte einen autoritären Führungsstil.

Nach den üblichen Anweisungen nickte Schuster in Hennes Richtung. »Die neue Kollegin Trettau wird die Soko Schillerstraße verstärken. Sie wird Oberkommissar Heine zugeteilt.«

»Wie bitte?« Henne glaubte, sich verhört zu haben.

»Sie ist noch zur Belehrung in der Personalabteilung. Vermutlich schlägt sie in einer halben Stunde bei Ihnen auf.«

Die Kommissare kannten das umständliche Prozedere, mit dem neue Mitarbeiter in die Hausordnung, den Arbeitsschutz und andere leidige Dinge eingewiesen wurden, und nickten verstehend.

Nur Henne, der verstand nichts und fragte: »Was meinten Sie eben?«

»Ich habe Frau Trettau Ihnen persönlich zugewiesen. Da ist sie am besten aufgehoben.« Schuster stand auf und klemmte sich seinen Chefkalender unter den Arm. Das Meeting war beendet.

Henne saß wie festgenagelt.

»So schlimm kann eine Neue auch nicht sein«, tröstete Neuner von der K2. Die anderen lächelten mitleidig. Jeder wusste, für Henne konnte es kaum schlimmer kommen. Er ermittelte am liebsten allein, nur bei Hagen Leonhardt machte er eine Ausnahme.

Als die anderen längst gegangen waren, stemmte sich Henne schwerfällig aus dem Stuhl. Sollte die Neue ruhig warten. Er musste zu Kienmann. Der war der Einzige, der ihm Trost spenden konnte.

Doktor Kienmann residierte im dritten Stock in einem Raum, in dem früher das Archiv untergebracht war. Kaum ein Mensch verirrte sich zu ihm. Das lag nicht nur daran, dass sich Kienmanns Büro am Ende des Ganges um eine Ecke und somit ziemlich abgelegen befand, sondern auch an Kienmann selbst. Er mochte es nicht, wenn er in seinem Reich gestört wurde. Bei seinen Freunden allerdings machte er eine Ausnahme.

Henne riss die Tür auf und stockte. »Du hast Besuch?«

Dann erkannte er das Mädchen, das auf Kienmanns Couch saß und ihn anstrahlte. »Mensch, Lulu, du hast dich ja mächtig gemausert.«

Als er Kienmanns Tochter Luisa das letzte Mal gesehen hatte, war sie ein Teenager von fünfzehn Jahren gewesen. Ein Füllen mit langen Stockbeinen und einer Zahnspange mit Glitzersteinen.

»Ich bin erwachsen.«

»Unübersehbar«, stimmte Henne zu.

»Würdest du uns öfter besuchen, wärst du jetzt nicht überrascht.«

Henne nickte zerknirscht, doch in seinen Augen blitzte der Schalk, als er sagte: »Der Dienst am Staat und für die Bürger lässt mir kaum Zeit für meine Freunde.«

»Wenigstens hast du noch welche.«

»Nanu, Kummer?«

Kienmann schob Henne ein Glas Selbstgebrannten zu. »Erzähl es ihm«, forderte er Lulu auf.

»Ich kenne einen Jungen, Torsten. Er ist nett, lustig und immer hilfsbereit.«

»Klingt nach einem guten Kumpel.«

»Für mich ist er ein wahrer Freund.«

»Und?«

Lulu hob hilflos die Schultern. »Er ist nicht zu unserer Verabredung gekommen.«

»Hm.« Vielleicht hatte er etwas anderes vor oder dich einfach nur vergessen, dachte Henne, obwohl er sich nicht vorstellen konnte, dass ein junger Mann ein hinreißendes Mädchen wie Lulu sitzen ließ.

Lulu schien Gedanken lesen zu können. »Du kennst ihn eben

nicht«, ereiferte sie sich. »Torsten ist absolut zuverlässig. Wenn er sagt, er kommt, kann ihn nichts davon abhalten.«

»Er kann einen Unfall gehabt haben«, wandte Henne ein.

Kienmann warf ihm einen strafenden Blick zu.

Lulu störte sich nicht an dem unsensiblen Einwand. »Das habe ich schon überprüft. Er ist weder im Krankenhaus noch auf dem Friedhof.«

»Du glaubst, ich kann dir helfen?«

»Du stöberst doch andauernd irgendwelche Leute auf«, sagte Kienmann. »Warum nicht auch einen verloren gegangenen Freund?«

»Schon gut.« Henne kippte den Schnaps und schüttelte sich. »Was weißt du über ihn?«

»Er heißt Torsten Toppler, wohnt im Uni-Wohnheim in der Tarostraße und ist sechsundzwanzig. Er studiert Jura, sechstes Semester.«

»Hast du ihn an der Uni kennengelernt?«

»Im Studi-VZ.«

Henne hatte keinen Schimmer, was sie meinte, und so schaute er wohl auch aus.

»Ein virtueller Treffpunkt im Netz. Internet. Da gibt es mehrere Gruppen. Eine heißt ›Wenn ich alt bin, werde ich nur noch nörgeln. Das wird ein Spaß‹. Torsten ist dort Mitglied.«

Auf sonderbare Dinge kommt die Jugend heutzutage, wunderte sich Henne und warf Kienmann einen fragenden Blick zu. Dem schienen solche Sachen vertraut zu sein. Jedenfalls machte er keine Anstalten, etwas zu erklären, und nickte lediglich.

»Erst haben wir online gequatscht, später haben wir uns getroffen. Wir sehen uns fast jeden Tag. Bis vorgestern, da ist Torsten nicht gekommen. Er antwortet weder auf E-Mails, noch geht er ans Telefon. Auch im Studentenwerk hat ihn seitdem niemand gesehen.«

»Da er im Wohnheim wohnt, stammt er nicht aus Leipzig.«

»Nürnberg, aber da ist er auch nicht. Bitte, Onkel Heinrich, du musst ihn finden.«

Wenn sie ihm so kam, wurde er weich wie Butter.

»Komm her, Kleines.« Er schloss Lulu in die Arme und versprach: »Ich werde mein Bestes tun.«

»Darauf stoßen wir an«, sagte Kienmann und gönnte Henne ein weiteres Glas.

Henne schob es Lulu zu. »Trink du, ich habe zu tun.« Lulus Protest ignorierend, verabschiedete er sich schnell.

Die neue Kollegin fiel ihm ein, und sein Ärger kam ihm auf einmal kleinlich vor. Auf dem Weg ins Büro kaufte er in der Kantine eine Flasche Mineralwasser. Ohne Kohlensäure, denn wenn die sich mit Kienmanns Schnaps zusammentat, konnte er den Rest des Tages getrost vergessen.

Während er zahlte, grübelte er. Das hatte er nun davon. Jetzt suchte er nicht nur einen Mörder, sondern auch noch einen weggelaufenen Jungen. Quatsch, einen Mann, berichtigte er sich.

Er kannte Lulu. Sie war weder schreckhaft, noch machte sie sich grundlos Sorgen. Womöglich war Torsten etwas zugestoßen. Es war ein offenes Geheimnis, in vielen Fällen wurden Vermisstenanzeigen nicht ernst genommen, oder man ging ihnen zu spät nach. Schließlich konnte man erwachsene Menschen nicht anketten oder zwingen, an einem Ort zu bleiben. Ein dumpfes Magengrollen holte ihn in die Gegenwart zurück.

Lutz Grimmer hatte weder Urlaub noch eine Kur bekommen. Dafür hatte ihn seine Chefin auf Dienstreise geschickt. Dresden, die Landeshauptstadt an der Elbe. Dort trafen sich die Kollegen aus den größten sächsischen Städten zweimal jährlich zu einem Erfahrungsaustausch. Normalerweise fuhr die Hinterkurt persönlich, doch diesmal hatte sie einen unaufschiebbaren Termin im Finanzdezernat. Die Haushaltsplanung war wichtiger als die Probleme, die andere Kommunen mit ihren Grundstücken hatten. Glück für Abteilungsleiter Grimmer. Beschwingt stieg er am Bahnhof aus der Straßenbahn.

Wie immer, wenn er den Hauptbahnhof sah, war er beeindruckt. Als sich der Leipziger Rat 1898 für einen Kopfbahnhof entschieden hatte, gab es zwei Betreiber: die Sächsische Staatsbahn und die Preußische Bahngesellschaft. Beide sollten gleichberechtigt das Gebäude nutzen. Konnte man einem preußischen Beamten zumuten, durch einen sächsischen Eingang zum Dienst zu gehen? Wohl kaum! Daher die zwei identischen Hallen. Fünf alte Bahnhöfe mussten dafür weichen. Die neugierigen Leipziger waren schon immer ein reisefreudiges Völkchen. Der Dresdner, Magdeburger, Thüringer, Berliner und Eilenburger Bahnhof waren perdu. Den bayrischen gab es noch, nur Züge nach Bayern fuhren von dort nicht mehr ab. Alles lief über den Hauptbahnhof.

Mit sechsundzwanzig Gleisen in der Bahnhofshalle und weiteren fünf außerhalb war er einer der größten der Welt und unbestritten der größte Kopfbahnhof, den es in Europa gab. Ein gewaltiger, lichtdurchfluteter Bau, dessen Mauern in einer Gesamtbreite von nahezu dreihundert Metern den Reisenden den Weg die hohen Freitreppen hinauf zu den Bahnsteigen wiesen. Zu Recht war Grimmer stolz auf die Stadtbauräte, die lange vor ihm Leipzig ihren Stempel aufgedrückt hatten. Insgeheim stellte er sich mit ihnen auf eine Stufe. Dummerweise hatte noch niemand in der Stadtverwaltung sein Talent erkannt oder gar gebührend gewürdigt. Man erwartete, dass er seine Pflicht tat. Mehr traute man ihm nicht zu. Er seufzte. Wenigstens die Dienstreise, die durfte er machen.

Der Zugverkehr nach Dresden spielte sich von jeher auf der östlichen Seite des Bahnhofes ab, sodass Grimmer das Bahnhofsgebäude durch die Osthalle betrat. In einem Kiosk kaufte er sich eine Tageszeitung. Brav reihte er sich in die Schlange an der Kasse ein.

»Verreist du?«

Grimmer fuhr herum. »Meine Güte, Jürgen. Du hast mich erschreckt.«

»Wenn ich es nicht besser wüsste, würde ich auf ein schlechtes Gewissen tippen.«

Grimmer wurde rot. Der Revierchef grinste scheinheilig.

»Ich bin dienstlich unterwegs, nach Dresden, wenn du es genau wissen willst. Heute Abend bin ich wieder zurück.«

»Da kannst du direkt zu uns kommen.«

»Hat Annette keine Yogastunde?«

»Eben, da sind wir ungestört. Ich habe etwas mit dir zu besprechen.«

Grimmer wurde starr vor Schreck. »Es wird bestimmt spät«, wehrte er ab.

»Dann komme ich eben morgen zu dir ins Büro.«

»Um Gottes willen, bloß das nicht.« Das fehlte ihm noch, dass seine Mitarbeiter spekulierten, was der Revierleiter schon wieder bei ihm wollte. Die wenigsten wussten, dass Mayer sein Schwiegersohn war, und das sollte auch so bleiben. »Dann lieber doch noch heute Abend.«

»Fein.«

Mayers Stimmfall ließ keinen Zweifel daran, dass er von vornherein fest mit Grimmers Zusage gerechnet hatte. Zufrieden schlenderte er durch die Halle davon, während sich Grimmer niedergeschlagen zu den Bahnsteigen begab. Jürgen hatte es wieder einmal geschafft, ihm den Tag zu verderben.

Victor, der die beiden aus sicherer Entfernung beobachtet hatte, holte sein Handy aus der Jackentasche. Er tippte eine Nummer, wartete, bis sich sein Gesprächspartner meldete, und sagte einige Worte. Er lauschte den Instruktionen, dann mischte er sich unter die Menge, um Mayer zu folgen.

»Das ist …« Leonhardt kam nicht dazu, den Satz zu beenden. Die junge Frau, die neben ihm gesessen hatte, sprang auf und schüttelte Henne die Hand. »Uta Trettau, Sie können Uta zu mir sagen.«

»Frau Trettau genügt«, entgegnete Henne unwillig und vergrub seine Hände in den Jackentaschen.

»Das ist der Oberkommissar Heinrich Heine, über den wir soeben gesprochen haben«, erklärte Leonhardt und erntete von Henne einen missmutigen Blick.

»Ich dachte es mir.« Uta nickte eifrig. »Ich freue mich sehr, bei Ihnen arbeiten zu dürfen, Henne.«

»Immer schön langsam. Für Sie bin ich Herr Heine.«

»In Ordnung, Herr Heine.« Uta machte der Rüffel wenig

aus, sie strahlte Henne an, als wäre er der Held ihrer Kindertage. Viel Zeit mochte seitdem noch nicht vergangen sein, Henne schätzte sie auf höchstens Mitte zwanzig.

»Man hat mich vor Ihnen gewarnt. Grimmig sollen Sie sein, ein richtiger Brabbelkopf. Aber jetzt, wo Sie vor mir stehen, sehe ich einen ganz passablen Kerl.«

»Na hören Sie mal!«

»Ich mag große Männer«, fuhr Uta ungerührt fort. »Der Bart steht Ihnen übrigens ausgezeichnet. Er gibt Ihnen einen verwegenen Touch.«

Henne war sprachlos. Irritiert blickte er zu Leonhardt hinüber. Der tippte sich vielsagend an die Stirn.

»Wollen Sie mich jetzt in den Fall einweisen?«

»Später, Frau Trettau«, stotterte Henne. »Lesen Sie erst einmal die Akten. Wir beide«, er zeigte auf Leonhardt und sich, »haben derweil etwas zu erledigen.«

Kaum war die Tür hinter ihnen ins Schloss gefallen, fauchte Henne: »Sag mal, ist die verrückt?«

»Offensichtlich. Sie weiß alles über dich, du bist ihr Idol.«

»Das kann nicht wahr sein!«

»Ist aber so.«

»Eine Durchgeknallte, Hilfe!«

»Tut mir leid, ich bin damit überfordert.«

»Was machen wir bloß mit der?«

»Am besten, du ignorierst sie.«

»Geht nicht. Der Alte will wöchentlich wissen, wie sie vorankommt.«

»Mensch, das habe ich glatt vergessen: Uta Trettau ist die Tochter seiner Schwester. Schusters Nichte sozusagen.«

»Auch das noch«, stöhnte Henne.

In stillschweigendem Einvernehmen nahmen sie die Treppen und wandten sich auf der Straße nach links in Richtung des kleinen Suppenlokals in der übernächsten Seitenstraße. Um diese Zeit war es noch leer. Das Lokal hatte gerade erst geöffnet. Die Bedienung war noch dabei, die verschiedenen Suppen in großen Terrinen auf einem Buffet anzurichten.

Henne wählte Soljanka, die schmeckte hier besonders gut. Nachdem er seine Schüssel geleert hatte, nahm er das Gespräch wieder auf. »Ich hätte eine Aufgabe für die Dame.«

»Lass hören«, murmelte Leonhardt mit vollem Mund. Er löffelte noch an einer Bouillabaisse nach sächsischer Art, zwar ohne Seeteufel und Venusmuscheln, dafür mit reichlich Lachs und Flusskrebsen.

»Ein junger Mann wird vermisst. Ein Torsten was weiß ich. Ich habe den Nachnamen notiert. Mein Notizbuch liegt allerdings im Büro.«

»Hat er etwas mit der toten Donata zu tun?«

»Nee, zum Glück nicht.«

»Uta Trettau soll uns bei den Ermittlungen unterstützen und nicht anderen Sachen nachgehen«, wandte Leonhardt ein.

»Dann gehört dieser Torsten eben ab jetzt zu unserem Fall.«

»Wenn das mal gut geht.« Leonhardt blieb skeptisch.

»Was soll schon passieren? Irgendwann stellt sich heraus, dass es keinen Zusammenhang gibt. Na und? Das konnte niemand voraussehen.«

»Ich bin gespannt, wie du es ihr beibringen willst.«

Hatte Leonhardt ein Spektakel erwartet, so hatte er sich getäuscht. Uta Trettau war Feuer und Flamme.

»Verstanden, Torsten Toppler. Wann soll ich mich auf die Suche machen?«

»Gehen Sie mal gleich ins Studentenwohnheim Tarostraße. Da soll er ein Zimmer haben. Vielleicht hören Sie sich auch im Studentenwerk in der Goethestraße um.«

»Gute Idee«, nickte Uta und sauste davon.

»Wir fahren zu den Verkehrsbetrieben«, gab Henne Leonhardt Bescheid.

»Mit deinem Ford?«

Henne schüttelte den Kopf. »Der hat eine Macke, er geht ständig aus. Dummerweise immer, wenn ich Gas gebe.«

»Meinen Renault hat Manuela.«

Henne verbarg seine Erleichterung. Leonhardts siebensitzige Familienkutsche war eine Klapperkiste. »Wir nehmen einen Dienstwagen.«

In diesem Moment platzte Uta Trettau herein.

»Ich denke, Sie sind schon unterwegs?«, wunderte sich Henne.

»Mein Auto hat einen Platten. Herr Schuster meinte, ich könne gewiss mit Ihnen mitfahren. Wo Sie doch ohnehin einen Dienstwagen geordert haben.«

»Aber ...«

»Bis zur Tarostraße ist es nicht weit«, fiel Leonhardt geistesgegenwärtig ein. »Wir setzen Sie dort ab.«

»Prima, ich darf das Auto doch bis dahin fahren?«

Ohne eine Antwort abzuwarten, wedelte sie an den Männern vorbei. Als Henne und Leonhardt die Polizeidirektion verließen, wartete sie schon mit laufendem Motor vor dem Nebeneingang in der Dimitroffstraße.

»Anschnallen nicht vergessen«, mahnte sie, und Henne tastete grummelnd nach dem Gurt.

Die Reifen quietschten, als sie startete.

»He, ein Führerschein ist kein Freibrief für einen Fußgängermord.«

»Ich habe keine Fußgänger gesehen.«

An der Ampel legte Uta eine Vollbremsung hin. Hennes Verbeugung wurde durch den Gurt gebremst.

»'tschuldigung«, sagte Uta fröhlich und erntete ein gequältes Lächeln.

Fünf Verbeugungen später kamen sie vor dem Wohnheim im südöstlichen Zentrum der Stadt zum Stehen. Während sich Leonhardt auf den Fahrersitz warf, blickte Henne erleichtert Uta hinterher, die im Begriff war, im Eingang des Hochhauses, in dem das Wohnheim untergebracht war, zu verschwinden.

»Nichts wie weg«, sagte er. Leonhardt gab Gas. Beide machten sich nicht die Mühe, Utas Fahrstil zu kommentieren. Es lag auf der Hand, das Mädel musste den Fahrlehrer bestochen haben. Kein vernünftiger Mann würde so etwas auf die Straße lassen.

Vor dem Busbahnhof der Leipziger Verkehrsbetriebe im Westen der Stadt parkte Leonhardt den Wagen vorschriftsmäßig in einer Bucht und zog sogar einen Parkschein aus dem Automaten.

»Vorbildlich«, griente Henne.

»Ist doch bloß wegen Schuster.«

Hennes Grinsen erstarb. Wenn er sich auch noch darum Gedanken machen sollte, dann gute Nacht.

Der Fahrdienstleiter erwartete sie bereits. »Am Dienstagvormittag war Heinzel im Dienst. Ein langjähriger Kollege, sehr routiniert. Er muss gleich kommen.«

Fünf Minuten später klopfte es, und besagter Heinzel trat ein. Henne fielen sofort die leuchtend blauen Augen auf. Augen, wie sie seine Erika hatte. Ein Pluspunkt für Heinzel, obwohl er ansonsten nichts mit Erika gemein hatte. Das hellblaue Hemd spannte sich über einem dicken Bauch. Die dunkle Hose, gehalten von breiten, schwarzen Hosenträgern, endete über den Knöcheln. Eine abgewetzte Aktentasche vervollständigte das Bild.

»Oberkommissar Heine«, stellte sich Henne vor. »Wir haben einige Fragen an Sie.«

»Habe ich etwas ausgefressen?«

»Ach was, es geht um Ihren Job.«

»Ich halte mich immer an die Verkehrsregeln.«

»Klar doch. Sie sind am Montag die Linie 60 gefahren?«

Heinzel nickte. »Von sechs bis zwei am Nachmittag. Ich erinnere mich gut. Es hat geschüttet wie aus Kannen. Aquaplaning, da muss man höllisch aufpassen. Viele Autofahrer überschätzen sich.«

»War großer Verkehr?«

»Eigentlich nicht. An den Haltestellen staute es sich wie immer, ansonsten war es relativ frei.«

»Wie war es denn auf dem Schleußiger Weg?«

»Keine Probleme, kein Stau, kein Blitzer.« Heinzel blinzelte erschrocken. »Ist mir einfach herausgerutscht. Ich fahre nie zu schnell.«

»Schon gut, wir sind nicht von der Verkehrspolizei.«

Erleichtert nahm Heinzel den Faden wieder auf: »Wie gesagt, die Leute unterschätzen die Gefahr, die solches Wetter birgt. Sie sind gerast, auch das wie immer.«

»Also war die Straße leer?«

»Das nun auch wieder nicht. Aber es war wenig Betrieb.«

»Sie kommen über zwei Brücken«, mischte sich Leonhardt ein.

»Die Beipertbrücke über die Pleiße und die Paußnitzbrücke über das Elsterflutbecken«, nickte Heinzel.

»Sind Ihnen da Leute aufgefallen?«

»Welche Leute?«

»Zwei Männer zum Beispiel.«

»Nee, da war niemand.«

»Wissen Sie das bestimmt?«, fragte Henne.

»Ganz sicher. Wenn da jemand gewesen wäre, hätte ich vom Gas gehen müssen. Die Pfützen, wissen Sie?«

»Die Stadtverwaltung schafft es nicht, alle Straßen in Schuss zu halten«, ergänzte der Fahrdienstleiter. »Die strengen Winter reißen Löcher in den Belag, in denen sich bei Regen das Wasser sammelt. Unsere Fahrer müssen vorsichtig fahren. Wir können uns keine Anzeigen von Fußgängern wegen Spritzwasser leisten.«

Henne kannte das leidige Thema und nickte.

Auf dem Rückweg fasste Leonhardt das Ergebnis in einem Wort zusammen: »Fehlanzeige.«

»Leider.«

»Was jetzt?«

Henne hob die Schultern. »Papierkram, was sonst.«

Es war spät, als Henne müde und erschöpft die Tür zu seiner Wohnung öffnete und als Erstes über einen Eimer voll satter roter Farbe stolperte.

»Was soll das denn?«, schimpfte er.

»Hummer«, erwiderte Erika, die auf einer Leiter stand und im Begriff war, die Decke zu streichen.

»Bitte?«

»Die Farbe, sie heißt Hummer. Toll, oder?«

»Toll«, bestätigte Henne halbherzig. »Gibt es etwas zu essen?«

»Im Kühlschrank.«

Henne bückte sich unter der Leiter hindurch und ging in die Küche. Ohne Begeisterung öffnete er die Kühlschranktür. Erika hatte Brote geschmiert. Er griff sich den Teller und ein Bier. Auf dem Weg ins Wohnzimmer musste er erneut unter der Leiter hindurch.

»Die kommt auch noch dran«, erklärte Erika.

»Was meinst du damit?«

»Die Stube. Die hat unbedingt einen neuen Anstrich nötig.«

Henne war zwar anderer Meinung, doch er hütete sich, sie kundzutun. Wenn sich Erika in den Kopf gesetzt hatte, die ganze Wohnung umzukrempeln, sollte sie es tun. Hauptsache, sie hielt ihn heraus.

»Kannst du mir helfen?«, fragte sie da auch schon.

»Du, ehrlich, ich bin richtig geschafft.«

»Ach was, es geht ganz schnell. Nur die Lampe, bitte.«

Henne fügte sich in sein Schicksal und montierte die Lampe ab. »Sonst noch Wünsche?«

»Lass mal«, dankte Erika. »Ich bin ohnehin gleich fertig.«

Zweifelnd musterte Henne die rote Zimmerdecke. »Bleibt das so?«

»Natürlich. Gefällt es dir etwa nicht?«

»Doch, doch«, versicherte er schnell und verzog sich auf die Couch.

Als Erika kurz darauf das Wohnzimmer betrat, schlief er tief und fest. Dschingis hatte die Chance genutzt und sich über die belegten Brote hergemacht. Treuherzig schaute er Erika an und klopfte dreimal laut mit dem langen Schwanz auf den Boden zum Zeichen, dass es ihm geschmeckt hatte.

Es ging auf zweiundzwanzig Uhr zu. Die Tagung in Dresden hatte länger als gedacht gedauert. Grimmer erwog, Mayer anzurufen und das Treffen abzusagen. Letztendlich entschied er sich anders.

»Komm herein«, empfing ihn Mayer. »Du weißt ja, wo es langgeht. Ich bringe dir ein Bier aus der Küche mit. Oder lieber ein Glas Wein?«

»Bier reicht.« Grimmer durchquerte den Flur und ging in den Wintergarten, wo er in einem der ausladenden Sessel Platz nahm. »Was ist so dringend, dass du mich unbedingt sprechen musst?«, kam er gleich zur Sache, als Mayer mit dem Bier auftauchte.

»Gunsler hat mich angerufen. Es geht um ein Grundstück. Du sollst es ihm beschaffen.«

Grimmer winkte ab. »Die Rosental-Villa, ich weiß.«

»Schieb sie ihm zu.«

»Ich habe ihm oft genug gesagt, das ist schwerer, als er denkt. Er muss sich gedulden.«

»Das ist der springende Punkt. Er will sie jetzt, nicht irgendwann, wenn sie womöglich zusammengefallen ist. Wenn er sie nicht bekommt, macht er Schwierigkeiten.«

»Was kann er schon dagegen tun.« Grimmer rieb sich die Augen. Er war müde, das Gespräch langweilte ihn.

»Sei nicht albern. Du bist schließlich einer von Paschas besten Kunden. Ohne Gunsler könnte er den Laden dichtmachen.«

»Ich habe keine Ahnung, wovon du redest.«

»Schluss jetzt.« Jürgen Mayer beugte sich vor, bis seine Nasenspitze fast in Grimmers Gesicht stach. »Du weißt genau, woher die Weiber kommen. Gunsler hat reichlich und gut geliefert. Ich habe sie zu Pascha gebracht, und Männer wie du hatten ihre Freude an ihnen.«

»Davon höre ich heute zum ersten Mal«, stammelte Grimmer.

»Egal, du weißt es. Das genügt.«

»Was willst du von mir?«

»Die Villa.«

»Das ist unmöglich.«

»Schade.« Mayer schnippte ein imaginäres Staubkörnchen vom

Ärmel. »Ich bin gespannt, was Annette meint, wenn sie von deinen Besuchen im Palmarosa erfährt.«

Grimmer schlug die Hände vor das Gesicht. »Mein Gott, du erpresst mich.«

»Nenn es, wie du willst. Hauptsache, Harald bekommt das Grundstück.« Ungerührt betrachtete Mayer seinen zusammengesunkenen Schwiegervater.

Grimmer ließ langsam die Hände sinken. »Ich versuche es, aber ich kann nichts versprechen.«

»Ich hoffe für dich, es klappt. Wenn Gunsler leer ausgeht, will er die Lieferungen einstellen. Mein Auftraggeber dürfte wenig erfreut sein.«

»Was soll dir Pascha schon anhaben können?«

»Doch nicht Pascha, der steht auch bloß auf der Gehaltsliste.«

Grimmer starrte Jürgen mit großen Augen an.

Annette, zurück von der Yogastunde, platzte herein. »Nanu, Papa, du hier?«

»Ich war in Dresden«, antwortete Grimmer zusammenhanglos. Etwas anderes fiel ihm nicht ein.

»Er wollte uns kurz Bescheid geben. Im Grunde ist er schon auf dem Sprung.«

Jürgen schaute Annette auffordernd an. Das fehlte ihm noch, dass sie ihren Vater zum Bleiben nötigte. Es war alles gesagt. Kein Grund, die jämmerliche Gestalt länger als notwendig zu ertragen.

Annette hatte verstanden und brachte Grimmer zur Tür. »Pass auf dich auf«, hauchte sie und gab ihm einen Kuss auf die Wange.

Grimmer hatte plötzlich einen Kloß in der Kehle. Er musste schlucken, doch er brachte keinen Ton heraus. Er nickte nur stumm, dann wandte er sich ab und schleppte sich die Vorstadtstraße hinunter zur nächstgelegenen Bushaltestelle.

ZEHN

»Ich habe Neuigkeiten, Herr Heine«, überfiel Uta Trettau den Kommissar, kaum dass der das Büro betreten hatte. Augenscheinlich hatte Leonhardt sie noch nicht in das tägliche Prozedere eingeweiht, sonst hätte sie den Mund gehalten und abgewartet, bis Henne seinen üblichen Pott Kaffee vor sich stehen hatte.

»Die wären?« Henne zwang sich zu einem Lächeln, das zu einem schiefen Grinsen misslang. Er hatte Kopfschmerzen. Rücken und Schultern waren verspannt. Auswirkungen der Nacht auf dem unbequemen Sofa. Dankbar griff er nach der Tasse, die Leonhardt eilig brachte, und setzte sich an seinen Schreibtisch.

»Torsten Toppler ist tatsächlich verschwunden.«

»Klar doch, deswegen suchen wir ihn ja.«

»Der junge Mann ist zuletzt am Mittwoch gesehen worden. Mehrere Studenten gaben an, er wollte ins Fitnessstudio Südvorstadt. Ich bin natürlich gleich hingefahren.«

»Natürlich.« Henne wäre einigermaßen verwundert gewesen, wenn sie es nicht getan hätte. Utas Eifer war unübersehbar.

»Ich habe mit seinem Trainer gesprochen. Keine Auffälligkeiten, keine Andeutungen, dass Torsten verreisen wollte. Im Gegenteil, er hatte für den Freitag den nächsten Termin ausgemacht.«

»Das war gestern. Ist er aufgetaucht?«

»Eben nicht. Das hat den Trainer sehr verwundert. Übrigens ein ganz netter und gut aussehend dazu. Genau wie Sie.«

Henne verschluckte sich am Kaffee und hustete.

»Dieser Torsten hat sich oftmals mit einer Frau getroffen. Älter als er, aber tolle Figur. Das hat der Trainer gesagt, nicht ich. Ich habe die Gute noch nicht kennengelernt.«

»Warum sitzen Sie dann noch hier herum? Machen Sie die Dame ausfindig und horchen Sie sie nach Strich und Faden aus.«

»Genau das hatte ich vor«, strahlte Uta und wirbelte hinaus.

»Womit habe ich das verdient?«, fragte Henne verzweifelt, doch darauf wusste selbst ein Hagen Leonhardt keine Antwort.

Das Telefon riss Henne aus seiner trüben Laune. Busfahrer Heinzel war am Hörer. Er hatte nochmals nachgedacht, es war ihm etwas eingefallen. Kurz hinter der Beipertbrücke hatte ein Fahrzeug des Stadtreinigungsamtes gehalten. So ein großes, das gewöhnlich zum Kehren eingesetzt wird. Die Zeit? Es war seine zweite Tour, also schätzungsweise um neun.

Henne dankte. Eben hatte er sich noch wie ein Schiffbrüchiger gefühlt, der trotz aller Anstrengungen statt zum Ufer beständig weiter hinaus ins Meer getragen wurde, ohne Hoffnung. Nun hatte er immerhin einen neuen Hinweis.

»Ich fahre zum Stadtreinigungsamt. Du hältst hier die Stellung«, beschied er Leonhardt.

»Die Stadtreinigung ist kein Amt, sondern ein städtischer Eigenbetrieb. Wer weiß, ob die heute überhaupt arbeiten.«

»Tun sie, zumindest bis zwölf Uhr.«

»Soll ich nicht doch lieber mitkommen?«

»Nichts da. Was soll die Trettau denken, wenn sie wiederkommt, und niemand ist hier?«

An der Ampel zum Ring bereute Henne seine Entscheidung bereits. Der Ford war wieder ausgegangen. Die Fahrer hinter ihm hupten böse. Er verkniff sich, ihnen den Stinkefinger zu zeigen, und startete erneut.

Der Wagen brummte, als wäre alles in Butter, und obwohl Henne dem Frieden nicht traute, hielt er bis zur Geithainer Straße durch. Gleich neben dem Gebäude der Stadtreinigung war eine Autowerkstatt. Der Meister versprach, sich sofort um den Fehler zu kümmern.

Zufrieden ließ sich Henne beim zuständigen Bereichsleiter des Eigenbetriebes melden.

»Körner mein Name. Was kann ich für Sie tun?«

Henne musterte den Mann.

Was er sah, gefiel ihm nicht. Neugierige Augen in einem farblosen Gesicht, das Haar mit irgendeinem klebrigen Zeug an den Kopf geklatscht, dazu das unvermeidliche weiße Hemd und die schräg gestreifte Krawatte. Ein durchschnittlicher Bürohengst, typisch mittelmäßig.

»Ich hätte gern den Fahrer des Kehrfahrzeuges gesprochen, das am Montag den Schleußiger Weg abgefahren hat.«

»Moment, das haben wir gleich.« Körner zog die Tastatur seines PCs zu sich heran und tippte auf einige Tasten. »Da, Strummling. Ist derzeit auf Tour, müsste aber in einer halben Stunde Dienstschluss haben.«

»Ich warte.«

»Kaffee?«

Henne nickte. Während sie tranken, schwärmte Körner von seinem Urlaub in Ghana. »Wussten Sie, dass der östliche Teil ehemals zu Togoland gehört hat?«

»Eine deutsche Kolonie«, ergänzte Henne.

»Sicher, Ihnen dürfte das bekannt sein. Sie stammen von dort?«

»Mein Vater ist Afrikaner, ich bin Deutscher.« Henne sah keinen Anlass, Körner zu erklären, dass ihn nicht das Geringste an Ghana band. Zwischen Ghana und Äthiopien, der Heimat seines Vaters, lagen fünftausend Kilometer.

»Ich wollte Ihnen nicht zu nahe treten«, entschuldigte sich Körner.

Henne verzog keine Miene. Es störte ihn schon lange nicht mehr, wenn er auf seine Hautfarbe angesprochen wurde.

»Togoland hat damals außer Elfenbein und anderen Kolonialgütern auch Kaffee exportiert.«

»Hm.« Henne hätte erklären können, dass nicht Togo, sondern Äthiopien dank der Coffea-arabica-Pflanze das Kaffeeland schlechthin war, damals wie heute, doch er unterließ es.

»Der hier schmeckt auch ganz gut, ist aber aus dem Supermarkt«, versuchte Körner einen Witz und lachte selbst am lautesten.

Henne schaute auf die Uhr. »Wo bleibt denn der Herr Strummling?«

»Frau.«

»Wie bitte?«

»Frau Strummling. Edeltraut mit Vornamen.«

»Ich wusste gar nicht, dass Sie auch Frauen auf den Brummis haben.«

»Edeltraut ist eine Ausnahme. Was soll man machen, wenn die Männer zu tief ins Glas schauen?«

Alkohol war nicht nur bei der Stadtreinigung ein Problem.

Frau Strummling überraschte Henne angenehm. Er wusste selbst nicht, was er eigentlich erwartet hatte. Vermutlich eine Art Mannweib. Edeltraut hingegen war eine zierliche Person mit schwarzen Locken, die ihr weit über den Rücken fielen. Ein Männertraum, wenn man auf dunkelhaarige Frauen stand. Ihr Händedruck war unerwartet fest. »Sie wollten mich sprechen?«

»Es geht um letzten Montag. Da waren Sie auf dem Schleußiger Weg unterwegs.«

»Stimmt.«

»Sie haben an der Beipertbrücke gehalten.«

»Stimmt ebenfalls. Woher wissen Sie das?«

»Einem Busfahrer ist Ihr Kehrfahrzeug aufgefallen. Erinnern Sie sich, weshalb Sie dort gestoppt haben?«

Edeltrauts Blick flog kurz zu Körner hinüber. »Normalerweise dürfen wir nicht im Halteverbot stehen. Aber Rolli, mein Kollege, hat eine schwache Blase. Er musste mal. Da habe ich ihn rausgelassen.«

»Können Sie sich erinnern, um welche Zeit das ungefähr war?«

»Wir haben die Schicht in Connewitz begonnen und sind über die Fockestraße Richtung Kleinzschocher gefahren. Rolli hat um acht seinen Kaffee getrunken. Er hat immer eine Thermoskanne dabei. Kurz darauf musste er. Könnte gegen neun gewesen sein.« Das deckte sich mit Heinzels Angabe.

»Waren Leute in der Nähe?«

»Da standen tatsächlich zwei Männer auf der Brücke. Ich habe Rolli gesagt, er soll aufpassen, dass sie ihn nicht sehen. Die Leute denken sonst gleich wieder, welche Schweine wir sind. Dabei sorgen wir für Sauberkeit, statt Dreck zu machen.«

»Beschreiben Sie die Männer bitte.«

Edeltraut legte die Stirn in Falten und überlegte. »Einer trug einen Schirm, ein großer Mann, stattlich, mittleres Alter. Piekfein gekleidet, dunkler Anzug. Anwalt, würde ich tippen.«

»Haarfarbe, besondere Merkmale?

»Keine Ahnung, er trug einen Hut. Ich glaube, er hatte auch eine Brille auf, aber ich kann es nicht beschwören.«

»Und der andere?«

»Der war eher lässig, Jeans und Bikerjacke, so eine schwarze mit Nieten. Glatte dunkle Haare zu einem Zopf gebunden, breite Schultern, knackiger Hintern.«

»Das haben Sie erkannt?«, wunderte sich Henne.

»Klar doch, ich kenne solche Typen. Wenn Sie mit einem Bodybuilder verheiratet wären, hätten Sie auch einen Blick dafür.«

Henne stellte sich Erika als muskelbepackte Bodybuilderin vor. Eine grauenhafte Vision.

»Was haben die Männer auf der Brücke getrieben?«

»Was wohl. Sie haben gequatscht.«

»Haben Sie etwas verstanden?«

»Gott bewahre, dazu waren sie zu weit weg. Außerdem hat der Regen jedes Geräusch verschluckt. Aber sie haben gestikuliert. Der sportliche Kerl zumindest. Wie ein verkappter Karatekämpfer hat er mit den Händen herumgefuchtelt.«

»Ihr Kollege, der Rolli – kann der das bestätigen?«

»Vermutlich.«

Rolf Schönebach hatte Edeltrauts Worten nichts hinzuzufügen. Auch er hatte die Männer gesehen. Flüchtig nur, er hatte andere Sorgen gehabt und sie nicht weiter beachtet. Nur an den Schirm konnte er sich erinnern, die Männer selbst konnte er nicht beschreiben.

Henne füllte das Protokoll aus und ließ Edeltraut und Rolli unterschreiben.

»Sie haben mir sehr geholfen«, sagte er zum Abschied.

»Was haben die beiden denn ausgefressen?«

»Dienstgeheimnis. Wir ermitteln noch.« Er drückte ihr seine Telefonnummer in die Hand. »Wenn Ihnen noch etwas einfällt, melden Sie sich bei mir.«

Als Henne seinen Ford aus der Werkstatt abholte, erlebte er eine schlechte Überraschung.

»Die Einspritzdüsen müssen gewechselt werden«, erklärte der Meister. »Kostenpunkt circa vierhundert Euro. Je Stück, wohlgemerkt, dazu die Arbeitsleistung. Mit zwei Riesen müssten wir insgesamt hinkommen.«

Henne zuckte zusammen. So viel war der ganze Wagen nicht mehr wert. Dreihunderttausend Kilometer hatte er schon auf dem Buckel, einige Roststellen und eine Beule. Doch er hatte ihn nie im Stich gelassen. Bis vor einer Woche das Desaster begann.

»Ich überlege es mir«, erklärte er.

»Warten Sie nicht zu lange. Kann sein, er bleibt Ihnen irgendwann stehen und regt sich überhaupt nicht mehr.«

Bis zum Büro hielt er jedoch durch.

Henne hielt Leonhardt die Aussagen unter die Nase. »Endlich ein Anhaltspunkt.«

»Die Beschreibung trifft auf Tausende zu«, nörgelte Leonhardt.

»Aber nicht alle tragen einen Hut.«

»Soll ich mich in den Hutgeschäften umhören?«

»Gute Idee.«

»Zumindest nicht schlechter als die Idee mit den Cafés.« Am Vortag hatten die Kollegen Donatas Bild in den Cafés in der Nähe der Schillerstraße herumgezeigt. Ergebnislos, wie sich bald herausstellte. Niemand kannte das Mädchen.

Lustlos blätterte Leonhardt in den Gelben Seiten. Sein Gesicht hellte sich allmählich auf. »Zum Glück gibt es nur drei Hutläden in der Stadt.«

»Du vergisst die Kaufhäuser.«

»Meinetwegen, auch die sind überschaubar. Ich mache mich gleich auf die Socken.«

»Überprüfe auch die Fitnesscenter. Ein Bodybuilder mit langen Haaren sollte aufzutreiben sein.«

Wieder wühlte Leonhardt im Branchenbuch. »Himmel, das sind vierundvierzig. Wenn ich Pech habe, finde ich ihn im dreiundvierzigsten.«

»Richtig, und wenn du ganz großes Pech hast, findest du ihn überhaupt nicht.«

Das Thermometer war auf vierzig Grad geklettert, die Stadt stöhnte unter der Hitze. Wer es sich leisten konnte, nutzte das Wochenende und fuhr ins Grüne oder an einen der zahlreichen Badeseen.

Henne zählte nicht dazu. Er brütete über Donatas Akte.

Als Leonhardt durchgeschwitzt das Büro betrat, klappte er den Ordner zu.

»Na?«

»Nichts.«

»Wie jetzt?«

»Nichts eben.« Leonhardt öffnete eine Flasche Selters und stürzte den Inhalt in einem Zug hinab. »Ist das eine Affenhitze.«

»Menschenskind, spann mich gefälligst nicht auf die Folter.«

»Okay, ich fange mit den Hüten an. Es gibt Unmengen verschiedene: Outdoor, Freizeit, Cityhüte, aus Filz, Samt, Leder, Stroh, große und kleine, breitkrempige und schmale. Dazu die Marken. Borsalino, Stetson, Akubra. Mir schwirrt noch immer der Kopf.«

»Schön, dass du wieder eine Bildungslücke geschlossen hast, doch wie lautete noch gleich die Aufgabe? Ermittle den großen Unbekannten.«

»Ist schon klar, aber rede du mal mit einem Hüteverkäufer. Die wollen ganz genau wissen, um welchen Typ es sich handelt.«

»Also ein Reinfall.«

»Wie man es nimmt. Immerhin habe ich eine Liste der Stammkunden zusammengestellt. In den Kaufhäusern konnte man mir damit natürlich nicht dienen. Dort sind die Käufer noch anonym, genau wie die Laufkundschaft der kleinen Händler.«

»Wir checken sie durch. Haben wenigstens die Fitnesstempel mehr hergegeben?«

»Der Kreis der Bodybuilder ist überraschenderweise ziemlich groß. Einen Mann mit Mähne kennt leider niemand.«

»Es wäre auch zu schön gewesen.«

»Allerdings gibt es private Studios, in denen er trainieren könnte.«

»Die berühmte Nadel im Heuhaufen.« Henne massierte nachdenklich seine Narbe. Sie brannte wie Feuer. »Man müsste jemanden einschleusen.«

»Wie willst du das hinkriegen? Leipzig ist Provinz. Hier kennt man sich. Ein Neuer fällt sofort auf. Mal ganz davon abgesehen, dass er nicht gleich ins Herz geschlossen wird. Misstrauen regiert die Welt.«

»Leider.«

Leonhardt hob den rechten, dann den linken Arm. Er schnüffelte. Unschöne nasse Flecken zierten sein Hemd.

»Ich brauche eine Dusche.«

»Dann mach. Wir brechen bald auf.«

»Wohin?«

»Ins Palmarosa, mein Freund.«

Leonhardt schnaufte ergeben. Henne war also gewillt, seinen Plan umzusetzen und ohne Durchsuchungsbeschluss Pascha auf den Leib zu rücken.

Der Umkleideraum neben der Asservatenkammer war leer. Leonhardt hatte die Duschzelle für sich und war schnell zurück. Mit neuer Energie griff er nach der Liste der Hütekäufer und tippte Name für Name in die Meldedatei ein.

»Meine Güte, das sind ja alles alte Herren«, stöhnte er.

»Das war zu erwarten. Früher war man ohne Hut quasi nackt.«

»Ah, Oliver Markmann. Endlich ein bekannter Name.«

»Der Oberstaatsanwalt?«

»Die Adresse stimmt.«

»Vergiss ihn. Der scheidet aus.«

»Hier, noch ein jüngerer. Baujahr vierundsechzig. Clemens Ritter, Johannisallee.«

Leonhardt suchte weiter. Er kam auf sieben Männer, die altersgemäß ins Raster passten.

»Die nehmen wir uns am Montag vor«, lobte Henne.

Gegen acht machten sie sich in die Innenstadt auf. Noch immer war es heiß. Die Wasserfontäne des Springbrunnens vor dem Neuen Rathaus malte einen Regenbogen in die flirrende Luft. Henne hätte am liebsten den Kopf unter den kalten Strahl gesteckt.

Unmerklich nickte er den zwei Wachposten zu, dann marschierte er mit Leonhardt im Schlepptau geradewegs in die Höhle des Löwen.

Der Muskelprotz am Eingang wollte ihn abweisen, doch er hatte nicht mit Hennes Widerstand gerechnet. Als Pascha sah, wer solchen Radau vor seinem Etablissement machte, bedeutete er seinem Mann mit einer herrischen Handbewegung, die Kommissare durchzulassen.

»Ein kräftiges Kerlchen«, sagte Henne statt einer Begrüßung. »Wo trainiert er denn?«

»Das geht Sie nichts an. Was wollen Sie?«, pulverte Pascha zurück.

»Deine Mädchen befragen, ganz unverbindlich.«

»Jetzt? Während des Geschäftsbetriebes?«

»So ist es, leider, oder kennst du mittlerweile die Adressen deiner Mädchen?«

Pascha kniff die Lippen zu einem schmalen Strich zusammen. »Sie können mein Büro benutzen«, sagte er, während er sein Handy ans Ohr hielt. »In Gegenwart meines Anwaltes, versteht sich«, setzte er bissig hinzu.

Henne gab sich harmlos. »Höre ich Angst aus deiner Stimme?«

»Ich habe nichts zu verbergen.«

»Ich habe das Gefühl, du lügst. Warum sonst ein Anwalt?«

»Also gut.« Widerstrebend ging Pascha voran. Er führte sie in den hinteren Teil der Bar und öffnete eine Tür. »Wehe, Sie vertreiben mir die Gäste.«

»Er droht. Hast du das gehört?«, wandte sich Henne kopfschüttelnd an Leonhardt.

»Klarer Fall für den Staatsanwalt, würde ich sagen.«

»Jetzt machen Sie mal einen Punkt. Ich bin ein unbescholtener Bürger und habe Rechte.«

»Selbstverständlich, wir werden darauf achten. Vielleicht. Bring endlich die Mädchen, hübsch eins nach dem anderen.« Henne schob sich einen Stuhl an den weißen Tisch, auf dem sich jede Menge Papierkram häufte.

»Unter einer Bedingung.«

Henne ruckte herum. »Habe ich richtig gehört?«

Paschas Blick blieb starr. »Ich bin bei den Gesprächen dabei, oder es läuft hier gar nichts. Und damit das klar ist, morgen früh werde ich mich über Sie beschweren.«

»Schon gut. Fangen wir an.«

Es war Zufall, dass Nadja die Erste war. Ihr Blick flog zwischen Pascha und den Kommissaren hin und her, hoffnungsvoll. Pascha räusperte sich, und die Hoffnung fiel in sich zusammen.

Leonhardt schien ihre Gedanken zu lesen. »Sie brauchen keine Angst zu haben.«

Nadja verhärtete sich. »Was wollen Sie von mir?«, fragte sie heiser und schlug die Beine übereinander.

Henne registrierte die schmalen Fesseln, die wohlgeformten Waden, fest und gleichzeitig geschmeidig. Tänzerinnenbeine.

»Name, Alter, Wohnsitz?«

»Ich heiße Nadja Semjonowa, dreiundzwanzig, ohne festen Wohnsitz.«

Erstaunt blickte Henne auf. »Wo schlafen Sie denn?«

»Hier.«

»Ich stelle den Mädchen die Zimmer zur Verfügung«, mischte sich Pascha ein. »Manche nutzen das Angebot, andere nicht.«

Nadja verstand die Drohung und ergänzte schnell: »Ich weiß Herrn Paschers Großzügigkeit zu schätzen.«

»Die Donata, hat sie auch hier geschlafen?«

Nadja hob ausweichend die Schultern. Ihre Gedanken rasten. Sollte sie sich den Polizeibeamten anvertrauen? Aber was konnte sie gegen Pascha vorbringen! Er würde ihre Worte verdrehen. Sie waren Männer und würden ihm glauben. Es war besser, wenn sie schwieg.

»Wie gut waren Sie mit Donata bekannt?«

»Ich kannte sie kaum.«

»Na hören Sie mal!« Hennes Faust knallte auf den Tisch. Die Papierstapel schwankten bedrohlich. »Sie arbeiten tagein, tagaus nebeneinander und wollen sich nicht kennen?«

»Wir haben viel zu tun. Da bleibt wenig Zeit.«

»Aber nach der Arbeit, da haben Sie doch Zeit.«

»Es ist anstrengend. Ich bin immer müde und gehe gleich schlafen.«

»Was wissen Sie über Donata?«, versuchte Leonhardt sein Glück.

Wieder Schulterzucken.

»Nachname, Herkunft, Familie, Freunde«, half Henne nach. Allmählich verlor er die Geduld mit dem verstockten Mädchen. »Wir können Sie auch ins Revier bestellen.«

Pascha zog die hellen Augenbrauen zusammen. Nadja erschrak. »Ich sage Ihnen, was ich weiß. Sie stammt aus Russland, ihren Namen kenne ich nicht. Von Familie oder Freunden hat sie nie gesprochen. Ich nehme an, sie steht alleine da.«

»Feinde?«

»Ich verstehe nicht ...«

»Gab es jemanden, der sie hasste?«

»Das kann ich mir nicht vorstellen.«

»Trotzdem ist sie tot«, sagte Henne.

Nadja erstarrte. »Tot?«

»Na schön, Sie wissen es nicht.« Henne warf Pascha einen vorwurfsvollen Blick zu.

»Ich schone die Mädchen«, erklärte der hastig. »Schlechte Nachrichten sind schlecht fürs Geschäft.«

»Das will ich mal glauben.«

Nadja war entlassen. Wie betäubt schwankte, sie gehalten von Paschas festem Griff, hinaus. Donata tot. Nun war alles aus. Es gab keine Hoffnung mehr.

Als Pascha das nächste Mädchen brachte, sagte Henne: »Du bleibst hübsch draußen.«

»Sie versteht ohnehin kein Deutsch.«

»Das lass mal meine Sorge sein.«

Die Tür wurde aufgestoßen. Ein junger Mann mit glatt nach hinten gekämmtem Haar und rot gerahmter Hornbrille trat ein.

»Peter Tücking, Rechtsanwalt. Ich vertrete Herrn Pascher und sein Personal.«

»Wir kennen uns bereits«, erwiderte Henne. Seine Freude war gleich null.

»Ich werde bei den Befragungen dabei sein. Was dagegen?« Die Frage klang aggressiv.

Henne fügte sich in sein Schicksal. »Da Sie schon mal da sind, können Sie gleich als Dolmetscher dienen.«

Tückings farblose Augen ließen keine Regung erkennen.

Das Mädchen, eine dunkelhäutige Schönheit, hielt den Blick gesenkt.

»Name?«

»Murai Inkelo.«

»Wie lange arbeiten Sie schon hier?«

»Ich nicht verstehen.«

»Das war zu erwarten«, murmelte Henne.

Leonhardt versuchte es anders. »Was wissen Sie über das Verhältnis Ihres – sagen wir mal – Arbeitgebers zu Donata?«

»Darauf muss sie nicht antworten«, fuhr Tücking dazwischen.

Das Mädchen schaute kurz auf. Angst flackerte in ihren Augen, sofort richtete sie den Blick auf den Boden, sodass ihre dichten Wimpern die schreckgeweiteten Pupillen verbargen.

Henne sah zur Tür, gerade rechtzeitig, um noch den Zipfel eines weißen Hosenbeines zu sehen, ehe die Öffnung dunkel gähnte. Sieh an, dachte er, Pascha traut den Mädchen nicht.

Murai Inkelo sah aus, als müsse sie sich gleich übergeben.

Tücking ließ noch immer keine Regung erkennen. Ein Fisch, kalt und glitschig. Vermutlich ging er zum Lachen in den Keller.

Die Befragung der anderen Mädchen gab noch weniger her. Enttäuscht brachen die Männer ab.

»Einen schönen Abend noch«, höhnte Pascha schadenfroh, als er sie zum Ausgang brachte.

»Pass auf, Freundchen. Der Teufel scheißt seine Haufen, wo

immer man ihn lässt. Irgendwann bringe ich dich in den Bau, verlass dich darauf.«

Henne wollte nur noch raus und schaute weder nach rechts noch nach links. So entging ihm der Mann, der im Hintergrund der Bar auf einem Hocker saß und nachdenklich seinen Pferdeschwanz zwirbelte.

»Sie haben Angst«, stellte Leonhardt verbittert fest, als er neben Henne auf der Straße stand. »Oder sie sind tatsächlich gleichgültig anderen gegenüber, abgestumpft vom Milieu.«

»Ich fürchte, beides trifft zu.«

»Glaubst du Pascha?«

»Dass die Mädchen dort pennen? Wahrscheinlich stimmt es sogar.«

»Ich kann ihn mir beim besten Willen nicht als Menschenfreund vorstellen.«

»Gehen wir heim«, schlug Henne vor. »Es war ein langer Tag.«

Zu Hause erwartete ihn eine weitere Überraschung. Erika hatte sich über das Wohnzimmer hergemacht und ein wahres Chaos angerichtet. Farbeimer, Pinsel, Zeitungspapier lagen zwischen den zusammengeschobenen Möbelstücken herum und bildeten ein erschreckendes Stillleben. Noch mehr erschrak Henne allerdings, als er den Fehler machte, den Deckel eines Farbeimers zu lüften. Knalliges Grün. Er schüttelte sich und drückte den Deckel schnell wieder zu.

ELF

Grimmer musterte Harald von Gunsler argwöhnisch. Der Leiter der Ausländerbehörde war kurz nach Dienstbeginn unangemeldet in sein Büro geschneit. Zu spät, sich verleugnen zu lassen.

»Kaffee?« Grimmer hoffte auf einen Aufschub. Zu seinem Leidwesen lehnte Gunsler ab.

»Die Tinte, die deine Sekretärin kocht, ist mir zu stark.«

»Was willst du? Einfach reden? Das hätten wir auch heute Mittag im Ratskeller machen können.«

»Keine Zeit. Ich habe um zwölf einen Termin beim Chef, unaufschiebbar. Wer weiß, wie lange das dauert.«

»Es geht um die Villa am Rosental, oder?«, ging Grimmer in die Offensive. »Mach dir keine Hoffnung, die ist eine Hausnummer zu groß.«

»Meine Güte, Lutz! Wer, wenn nicht du, entscheidet über den Verkauf?«

»Der Grundstücksverkehrsausschuss zum Beispiel.«

»Die machen doch, was du ihnen vorschlägst.«

Grimmer spielte nervös mit seinem Füller. »Bis jetzt, aber ich habe gehört, die zwei neuen Mitglieder stellen Fragen. Sie wollen alles genau wissen, sind von der Linken-Fraktion.«

»Das erklärt einiges.« Gunsler war strikter Gegner der Linken.

»Was soll ich bloß machen?«, fragte Grimmer.

»Du musst dich eben darauf einstellen und dich vorbereiten.«

»Und wie? Ich weiß ja nicht einmal, was die fragen werden.«

»Die anderen Mitglieder kennst du. Hol dir bei denen Rückhalt.«

»Ich soll den Ausschuss bestechen? Niemals!« Grimmers Entrüstung war echt.

»Jetzt blas dich mal nicht so auf. Irma hat sich in die Villa verliebt. Sie macht mir täglich die Hölle heiß deswegen. Wenn ich Ruhe haben will, muss ich sie ihr verschaffen.«

Gunsler hatte zwar einen Adelstitel vorzuweisen, aber Irma kam aus einer der reichsten deutschen Familien. Dass sie ihn überhaupt geheiratet hatte, war für ihn ein Volltreffer, für ihre Familie hingegen ein Eklat gewesen. Ihr Vater, Inhaber eines Handelsimperiums, hatte ihn abgelehnt, tat es noch immer. Er musste sich endlich beweisen.

»Außerdem …« Gunsler machte eine beredte Pause. »Du bist es mir schuldig.«

»Ich?« Beinah hätte Grimmer verraten, was er von seinem Schwiegersohn wusste. Glaubte er Mayer, dann musste eher der oder sein ominöser Auftraggeber dem Freund einen Gefallen tun, damit das Palmarosa weiterhin unverbrauchte Mädchen von Gunsler zugeschoben bekam.

Ihm kam eine Idee. Wenn er den Freund mit seinem Wissen unter Druck setzte, musste der seine Forderung fallen lassen.

»Was glaubst du, woher deine jungen Schönheiten kommen, mit denen du dich in diesem Bordell vergnügst?«, fragte Gunsler spöttisch.

»Tabledance-Bar«, verbesserte Grimmer ihn mechanisch. Er schluckte mühsam. Seine Idee fiel wie ein Kartenhaus zusammen.

»Ich zähle auf dich. Irma rennt schon täglich zur Bank. Die Finanzierung steht, also lass mich nicht hängen.«

Grimmer starrte zum Fenster hinaus, als könne er dort die Lösung finden. Als er den Blick schließlich zurück auf Gunsler richtete, sagte der aufmunternd: »Haben wir uns verstanden?«

Grimmer nickte hilflos. Er kam sich einsam und verloren vor.

»Du hast die Kommissare also bei Pascha gesehen, aber hast keine Ahnung, was sie bei ihm wollten«, fasste der gut gekleidete Mann den Bericht seines Gegenübers eisig zusammen.

Victor nickte. »Ich konnte unmöglich näher heran.«

»Die Ware?«

»Die Mädchen haben nichts verraten.«

»Weißt du das bestimmt?«

»Pascha hätte gequatscht. Solche Dinge behält er nicht für

sich.« Victor gab sich sicherer, als er war. Er dachte an das Gespräch, das sie neulich geführt hatten. Paschas »Nein« auf die Frage, ob er sie verpfeifen wollte, war wenig überzeugend gewesen.

»Ich muss mir sicher sein. Quetsche ihn aus, mach es auf deine Weise und erstatte mir Bericht.«

»Gleicher Ort, gleiche Zeit?«

»Ich lasse es dich wissen.«

»Und die Adelsschlampe?«

»Bei der ist dein Job noch nicht getan. Ich brauche Material über ihren Mann.«

Wenn der Boss von Material sprach, wusste Victor, was gemeint war. Schmutzige Sachen, Dinge, die niemand wissen sollte. Geheimnisse, geeignet, um sie gewinnbringend auszunutzen.

»Verstanden.« Victor strich sich über das zu einem Zopf gebundene Haar und wollte gehen.

»Eins noch!«, hielt ihn der Mann zurück. »Dein Messer – es muss verschwinden.«

Der Callboy mit der Figur einen Bodybuilders nickte bedauernd, aber er wusste, der Boss hatte recht. Er würde sich von seinem Spielzeug trennen. Später.

Uta Trettau kam gerade noch rechtzeitig, um Henne und Leonhardt, die auf dem Weg zum Frühstück waren, abzufangen.

»Das werden Sie mir nie und nimmer glauben, Herr Henne.«

»Heine«, maulte Henne.

»Ja, ja«, wischte Uta die Zurechtweisung kurzerhand beiseite und frohlockte: »Ich war erfolgreich.«

»Wenigstens einer von uns.«

»Torsten Toppler hatte ein Verhältnis. Die Dame – Sie wissen schon, die aus dem Fitnesscenter – ist fast zehn Jahre älter als er. Hausfrau und offensichtlich wohlhabend.«

»Bestimmt eine von denen, die ihr Leben genießen, während ihr Mann tagtäglich bis zum Umfallen schuftet«, mutmaßte Leonhardt.

»Ihr Name ist Irma von Gunsler.«

»Nee!«, staunte Henne. Er fühlte seine Narbe. Sie pochte.
»Doch! Haben Sie etwas dagegen?«
»Nicht das Mindeste. Der Name dürfte einmalig in der Stadt sein. Wenn das kein Zufall ist!«
»Du denkst an den Ausländersnob?«, fragte Leonhardt.
»An wen sonst.«
Uta blickte verständnislos von einem zum anderen. »Ich verstehe rein gar nichts.«
»Macht nichts«, antworteten Henne und Leonhardt wie aus einem Mund. Sie schauten sich an und lachten. Uta fiel mit ihrer glockenhellen Stimme ein. Henne fand sie auf einmal fast sympathisch.
»Erzählen Sie mal«, sagte er, nachdem sie sich beruhigt hatten.
»Ich war wieder in dem Fitnessstudio und hatte Glück. Der nette Trainer war da, auch bewusste Dame. Sie hat gehört, wie ich mich nach Torsten erkundigt habe. Ohne Umschweife hat sie mir erzählt, dass sie ihn kennt.«
»Dass sie ein Verhältnis mit ihm hat?«
»So deutlich hat sie es nicht gesagt, aber ich wusste gleich, was sie meint. Wir Frauen haben ein Ohr für solche Sachen, Herr Henne.«
»Heine.«
»Schon gut.« Uta winkte ab. »Ich habe sogar ihre Adresse.«
»Geben Sie mal her.«
Uta kramte in ihrer Tasche. »Hier.« Sie reichte ihm einen Zettel. »Menckestraße 7, Herr Henne. Heine, meine ich.«
»Da werden wir der Dame mal auf den Zahn fühlen.«
»Darf ich mitkommen?«
Utas Blick weckte in Henne die Erinnerung an Dschingis vor der Kühlschranktür.
»Meinetwegen«, knurrte er.
Als sie jedoch im Dienstwagen von Uta chauffiert über den Stadtring preschten, bedauerte er seine Zustimmung zutiefst.
»Was glauben Sie, wozu ein Blinker gut ist?«, fragte er, als Uta in die Eutritzscher Straße bog.
»Wen interessiert es, wann ich abbiege«, konterte Uta.

Leonhardt musste sich ein Lachen verkneifen. Es gelang ihm nur unvollkommen. Er erntete einen bösen Blick von seinem Kommissar.

»Sie halten wohl nicht viel von der Straßenverkehrsordnung, was?«

»Die STVO behindert mich«, nickte Uta, und Leonhardt prustete los.

Henne verdrehte die Augen. Insgeheim gefiel es ihm jedoch, wie das Mädchen konterte. Wenn sie sich nur endlich seinen Namen merken würde!

Die Menckestraße war eine Straße, in der sich gut erhaltene Gründerzeithäuser aneinanderreihten wie Perlen auf einer Schnur. Das Kleinod der Straße war das Gohliser Schlösschen, ein Rokokobau in hellem Gelb und Weiß. Als sie vorbeifuhren, dozierte Uta: »Im Jahr 1756 von Johann Caspar Richter, einem Leipziger Kaufmann und Ratsbaumeister, errichtet.«

»Respekt«, lobte Henne verwundert.

»Während des Studiums habe ich als Stadtführerin gejobbt«, erklärte Uta und machte vor der Hausnummer 7 die übliche Vollbremsung. Henne fing sich am Armaturenbrett ab.

Irma von Gunsler meldete sich über dic Wechselsprechanlage, kaum dass Leonhardt auf den Klingelknopf gedrückt hatte. Henne war von der angenehm dunklen Stimme überrascht. Noch mehr überraschte ihn der Anblick der Dame selbst. Irma war groß und schlank und trug trotz der Wärme ein hochgeschlossenes Kleid, knielang und aus edel schimmernder Seide. Der kinnlang geschnittene Bob umrahmte ein ebenmäßiges, apartes Gesicht. Von Lächeln keine Spur.

»Sie wünschen?«

»Kriminalpolizei«, sagte Henne und stellte sich und Leonhardt vor. »Frau Trettau kennen Sie ja bereits.«

Irma sah einen nach dem anderen aus kühlen Augen an.

»Dürfen wir hereinkommen?«

»Bitte.«

Henne registrierte die geschmackvolle Einrichtung. Moderner Hochglanz, gepaart mit erlesenen Einzelstücken. Er verdrängte den aufkommenden Neid. Seine Wohnung war zwar nicht so luxuriös, dafür hatte er sich in ihr bislang immer wohlgefühlt. Außerdem war sie zentral gelegen und trotzdem bezahlbar. Die von Erika initiierte neue Farbgebung verdrängte er geflissentlich.

Irma führte sie in die Bibliothek. Holz und Leder und noch mehr Seide, gediegene Gemütlichkeit. Henne konnte sich Leseabende in dieser Umgebung gut vorstellen.

»Wir haben einige Fragen zu Torsten Toppler«, kam er schnell zur Sache und nahm in einem Sessel Platz.

»Ich hätte es wohl besser verschwiegen.«

»Warum?«

»Ich bin verheiratet.«

»Ihr Mann ist der Chef der Ausländerbehörde.«

»Gerade deswegen bitte ich Sie, ihm nichts von Torsten zu erzählen. Er hat einen Ruf zu verlieren, Sie verstehen?«

Henne verstand bloß, dass sich die attraktive Ehefrau ihr Verhältnis eben hätte eher überlegen müssen.

»Wissen Sie, wo sich Herr Toppler aufhält?«, fragte Leonhardt.

Irmas Augen verengten sich. »Er ist mir keine Rechenschaft schuldig.«

»Um nochmals auf Ihren Mann zurückzukommen – liebt er Sie?«

»Selbstverständlich! Würde er mir sonst Blumen mitbringen?« Irma deutete auf einen Strauß gelber Rosen, groß genug, um einen Wischeimer zu füllen.

Henne merkte wohl, dass sie eine direkte Antwort umging. »Er weiß also nichts von Herrn Toppler?«

»Ich habe sie nicht miteinander bekannt gemacht.«

Henne tastete nach der Salbentube in seiner Hosentasche. Höchste Zeit, die Narbe einzucremen. Sie brannte wie Feuer.

»Erzählen Sie doch mal, wie es zu Ihrer Beziehung zu Herrn Toppler gekommen ist.«

»Beziehung ist zu viel gesagt. Ich habe ihn im Fitnesscenter kennengelernt.«

»Haben Sie den Anfang gemacht?«

»Ich muss doch bitten! Was halten Sie von mir!«

Henne sparte sich die Antwort, sondern sah sie nur stumm an.

Irma senkte schließlich den Blick. »Torsten hat mich an die Bar eingeladen. Er wusste, welche Position mein Mann bekleidet, und fragte mich, was er tun müsse, damit er ihm einen Pass besorgt.«

»Reizend.«

»Nicht für sich natürlich. Torsten hat eine Bekannte, ein ausländisches Mädchen, das seinen Pass verloren hat.«

»Normalerweise geht man zu den Sprechzeiten ins Amt und beantragt ein neues Dokument.«

»Das ging wohl nicht.«

»Wieso?«

»Fragen Sie ihn doch selbst.«

»Würde ich gern. Leider wissen wir nicht, wo er ist.«

»Ich glaube, das Mädchen musste arbeiten und konnte nicht weg. Etwas in der Art, so genau habe ich nicht zugehört.«

»Haben Sie eine Ahnung, wo Herr Toppler sein könnte?«

»Wie ich schon sagte, lege ich keinen Wert darauf, dass er sich bei mir abmeldet. Doch warten Sie, es könnte sein, er ist nach Rostock gefahren.«

»Was zum Teufel will er ausgerechnet dort?«

»Ich glaube, er wollte zu seinem Juraprofessor.«

»In Rostock!« Henne runzelte die Stirn. Was Irma von Gunsler derart gelassen auftischte, klang allzu unglaubwürdig. Möglicherweise wollte sie bloß ablenken. Gut vorstellbar, dass der Herr Gemahl Wind von der Sache mit Toppler bekommen hatte und sich rächen wollte. Ein Eifersuchtsdrama wie aus dem Bilderbuch. Er nahm sich vor, später darauf zurückzukommen.

»Was kann ich dafür, dass er da wohnt!«, sagte Frau von Gunsler. »Vielleicht ist er auch bloß im Urlaub. Ich weiß es einfach nicht.«

Henne unterdrückte seine Zweifel. »Wissen Sie, worum es ging?«

»Ich nehme an, um das Mädchen. Er hat kaum von etwas anderem gesprochen.«

»Sonderbar, dass Sie sich trotzdem mit ihm eingelassen haben.«

»Ich habe mich nicht mit ihm eingelassen, wie Sie zu sagen belieben.«

»Also haben Sie keine außereheliche Beziehung zu ihm?«

»Was soll die Frage? Ich werde mich über Sie beschweren.«

»Nur zu, am besten sofort. Ich liebe Beschwerden.«

»Was für ein furchtbarer Mensch!«, beklagte sich Irma bei Leonhardt.

»Furchtbar und wild und unberechenbar, ich weiß«, nickte der mitfühlend.

Henne blieb unbeeindruckt. »Da jetzt alles über meine Person gesagt scheint, komme ich auf die Frage zurück.«

»Wir haben uns lediglich dreimal getroffen. Hier, in der Wohnung. Eine kurze Liaison, kaum begonnen, schon beendet. Ich rechne nicht damit, dass es ein Wiedersehen gibt.«

»Weil?«

»Er ist mir zu jung«, erwiderte Irma heftiger, als sie wollte. Sie dachte an Victor. Im Vergleich zu ihm war Torsten ein wertloses Spielzeug. Einige Male benutzt und dann achtlos beiseitegelegt.

Henne stand auf. »Falls sich Herr Toppler bei Ihnen meldet, richten Sie ihm bitte aus, wie möchten ihn sprechen.« Er gab ihr seine Karte, dann gingen sie.

»Klasse Weib«, schwärmte Leonhardt, während sie zum Parkplatz liefen.

»So eine möchte ich nicht geschenkt haben.«

»Ich mag starke Frauen. Die gehört eindeutig dazu.«

»Mag sein. Dafür betrügt sie ihren Mann nach Strich und Faden.«

»Das gönne ich dem von Herzen.«

»Spinnst du?« Henne schüttelte den Kopf. »Wenn es um Frauen geht, müssen wir Männer zusammenhalten.«

Er warf Uta einen schrägen Blick zu. Die tat, als hätte sie nichts gehört.

Victor überraschte Pascha, als der in seinem Büro die Tageseinnahmen zählte.

»Was willst du?«, knurrte der Lude unwillig. Er mochte es nicht, wenn jemand sah, wie viel Geld im Haus war. Deshalb zählte er nur, wenn alle längst gegangen waren.

»Beste Grüße vom Boss.«

»Ist das alles?«

Ehe Pascha mit der Wimper zucken konnte, war Victor bei ihm und hielt ihm sein Messer an die Kehle.

»Was soll das werden, he?«

»Der Boss will wissen, wieso die Bullen hier waren.«

»Nimm das Messer weg, so kann ich nicht reden.«

Mit einer blitzschnellen Bewegung schnitt Victor Paschas Ohrläppchen ab und warf es auf den Tisch.

Pascha kreischte entsetzt. Das Blut tropfte ihm auf die Schulter, lief den Ärmel und die Brustseite entlang und hinterließ Flecke, die an rote Rosen auf einem weißen Sarg erinnerten.

»Was hast du gemacht?«, heulte er und presste die Hand auf sein Ohr.

»Wieso waren die Bullen hier?«, wiederholte Victor und griff nach dem zweiten Ohr.

»Hör auf, ich sage alles, was du wissen willst. Die Kommissare ermitteln noch immer wegen der toten Nutte.«

»Dein Pech.«

Diesmal flog das ganze Ohr über den Tisch. Pascha schrie wie am Spieß.

Victor witterte den metallischen Blutgeruch. Ein irres Glitzern trat in seine Augen.

»Na?«

»Sie haben die Mädchen verhört. Wollten erfahren, was sie von Donata wissen.«

»Ergebnis?« Victors Daumen glitt die Schneide seines Messers entlang.

»Null natürlich. Oder glaubst du, die quatschen?«

»Was ich glaube, spielt keine Rolle. Den Boss interessiert, was die Bullen bei dir finden könnten.«

»Nichts, ich schwöre!«, wimmerte Pascha. Sein ängstlicher Blick flog zu dem Messer, das Victor beiläufig wippen ließ.

»Hände auf den Tisch. Das fehlte noch, dass du mir eine Kugel in den Leib jagst«, bellte Victor.

Pascha gehorchte sogleich. Seine Finger krümmten sich wie dicke, weiße Würmer. Er konnte ihr Beben nicht unterdrücken.

»Was ist mit Papieren? Konten, Reisepässen?«

»Die Pässe? Freilich, die sind im Safe.«

Das Messer wirbelte durch die Luft und blieb vor Paschas Händen in der Schreibtischplatte stecken.

»Verbrenne sie!«

»Gewiss, alles klar. Ich tue es, sobald du gegangen bist.«

»Hältst du mich für blöd?« Victor zog mit einem Ruck die Klinge aus dem Holz.

»Okay, okay, ich mache es sofort«, winselte Pascha. Seine Stimme kippte ins Falsett. Zu gern hätte er sich unter dem Tisch verkrochen und gewartet, bis Victor abgehauen war.

Victor ließ ihm keine Chance. »Mach schon!«

Pascha schluchzte, als er nervös versuchte, ein Streichholz anzuzünden. Drei brachen ab, erst beim vierten Versuch fing das Holz in dem monströsen Eckkamin Feuer.

»Ich muss an den Tresor.« Pascha zeigte auf ein goldgerahmtes Stillleben hinter Victor.

»Tu dir keinen Zwang an.«

Pascha schluckte. Er nahm seinen ganzen Mut zusammen. »Alleine.«

»Du schickst mich hinaus?« Victor warf spielerisch das Messer in die Höhe.

»Ja«, wimmerte Pascha trotzig. Mochte der Russe ihm auch das Fell über die Ohren ziehen, an seinen Safe kam er nicht.

»Fünf Minuten, dann bin ich zurück.«

Pascha konnte sein Glück kaum fassen. Mit fliegenden Händen öffnete er den Tresor. Achtlos schob er die in dicken Bündeln gestapelten Geldscheine beiseite und zerrte die Pässe seiner Mädchen aus einem dahinterliegenden Fach. Er warf die Tresortür zu und hängte das Bild wieder davor. Keine Sekunde zu früh,

Victor kam schon zurück. Spöttisch verfolgte der Russe, wie Pascha Pass für Pass in die Flammen warf, bis der letzte zu weißen Papierfasern zerfiel.

»Das war's«, sagte er gelassen. »Ich werde dem Boss sagen, du hast dich kooperativ gezeigt.«

Pascha antwortete nicht. Mit letzter Kraft schwankte er zu seinem Tisch. Er angelte nach dem Drehstuhl, doch bevor er sich setzen konnte, kickte Victor den Stuhl beiseite. Der Lude ging schwer zu Boden.

»Bis demnächst, mein Freund«, waren Victors letzte Worte, dann war er fort.

Pascha zitterte wie Espenlaub. Er machte sich keine Illusionen. Diesmal war er davongekommen. Das nächste Mal war sein Leben keinen Pfifferling mehr wert. Er verfluchte den Tag, an dem er sich mit dem Boss eingelassen hatte. Am besten, er machte sich aus dem Staub. Aber wohin? Es gab nur einen Ort, an dem der Boss machtlos war. Moskau. Allerdings verspürte Pascha nicht die geringste Lust, den Rest seines Lebens in der russischen Kälte zu verbringen.

ZWÖLF

Der Anruf war in den Abendstunden gekommen. Uta hatte über die Uni die Adresse samt Telefonnummer des Professors erhalten. Arnulf Stückberger hatte bis vor Kurzem in Leipzig gelehrt, war Ende des letzten Semesters an die Küste gezogen. Zum Angeln und Segeln, wie er den Kollegen gegenüber behauptet hatte. Hinter der Hand wurde allerdings von einem Nervenzusammenbruch gemunkelt, hervorgerufen durch einen der endlosen Dispute mit dem Prorektor, der für die juristische Fakultät keinen müden Cent lockermachen wollte. Stückberger hatte daraufhin das Handtuch geworfen und sich aufs Altenteil begeben.

Den Ruhestand hatten ihm alle gegönnt. Professor Stückberger war ein netter, umgänglicher Mann, der trotz seiner Titel bodenständig geblieben war.

Uta hatte ihn beim ersten Versuch nicht erreicht, aber um Rückruf gebeten. Nun also war Stückberger am Apparat.

Ja, der Herr Toppler sei bei ihm gewesen. Was er gewollt habe? Seinen Rat, was sonst. Er war noch immer angesehen. Kurzes Schweigen, um Zustimmung heischend.

Uta tat ihm den Gefallen.

Ein juristisches Problem, so Stückberger weiter, Ausländer, die sich illegal auf deutschem Boden breitmachten. Ob er Ausländer hassen würde? Ach was, er sei offen und liberal. Der Toppler, der hätte auch so eine Ader. Wollte unbedingt einer Ausländerin helfen. Die wurde angeblich gegen ihren Willen festgehalten. Früher, jetzt wäre sie frei. Jetzt galt es, ihr ein neues Leben zu verschaffen: Wohnung, Arbeit und Papiere. Das vor allem. Und Toppler wollte den Kerl, der das Mädchen gezwungen haben soll, anzeigen.

Wozu gezwungen? Na was wohl, Prostitution, läge doch auf der Hand.

Er habe den Toppler jedenfalls an Markmann, den Oberstaatsanwalt im schönen Leipzig, verwiesen. Ein ehemaliger Student, gute Karriere. Das Rüstzeug natürlich von ihm. Er habe ihn auch gleich angerufen. Damit er Bescheid weiß, wenn der Toppler aufkreuzt.

Wann der wieder gefahren sei? Vorgestern, im Laufe des Vormittags. Er müsste längst in Leipzig angekommen sein.

Gedankenversunken legte Uta auf.

Henne nahm ihren Bericht mit unbewegter Miene zur Kenntnis.

Sonderbar, dass er schon wieder auf Markmann stieß. Die wenigen Gelegenheiten, bei denen Henne ihm begegnet war, hatte sich der leitende Oberstaatsanwalt als energischer Mann erwiesen. Ein Fluch für die Verbrecher – ein Segen für die Stadt.

Tief in Henne rumorte es. Ein Gedanke wollte hinaus, doch ehe er ihn fassen konnte, war er im Vergessen verschwunden. Zu dumm. Die Narbe, frisch eingecremt, meldete sich zurück. Ein untrügliches Zeichen.

Wieder schellte das Telefon. Diesmal von der Polizeidienststelle Werder. Man hatte ein Unfallopfer. Tot. Der Abgleich mit der Fahndungsliste hatte ergeben, er würde in Leipzig gesucht. Ob die Kommissare kommen wollten? Der Name des Toten? Torsten Toppler.

Bingo! Jetzt pulste die Narbe, als wolle sie aufreißen.

»Los Hagen, wir fahren nach Werder.« Henne griff sich seine Lederjacke.

»Was wollen wir denn da?«

»Toppler ist verunglückt, in Brandenburg. Ich fresse einen Besen, wenn das ein normaler Unfall war.«

Ergeben zückte Leonhardt sein Handy und gab zu Hause Bescheid, dass es spät werden konnte. Manuela machte sich sonst Sorgen um ihn.

»Erika wartet bestimmt auf dich«, erinnerte er Henne.

»Keine Zeit.«

Achselzuckend folgte Leonhardt zum Parkplatz. Henne musste wissen, was er tat. Wenn er Erika zumutete, bis spät in die Nacht aufzubleiben, war das seine Sache. Gutheißen konnte er es jedoch nicht.

»Toppler ist schon im Krematorium«, sagte Henne. »Ich konnte die Einäscherung im letzten Moment stoppen.«

»Was ist mit der Autopsie?«

»Sie wurde staatsanwaltlich verworfen. Die haben ihn schon zur Einäscherung freigegeben.«

»Merkwürdige Eile.«

»Das Wetter«, versuchte Henne eine Erklärung, obwohl es auch ihm fragwürdig erschien. Er fluchte, als der Ford getreulich an der ersten Ampel den Geist aufgab.

»Kauf dir endlich mal ein neues Auto.«

»Du hast gut reden. Bin ich Krösus?«

»Bei deinem Gehalt sollte ein ordentlicher Wagen drin sein.«

»Ich hänge an der Kiste.«

»Mir kommen die Tränen.«

Henne startete erneut. »Siehst du? Klappt doch.«

»Warum hast du die Trettau eigentlich nicht mitgenommen?«

»Bist du von Sinnen?«

»Nee, ich finde, sie macht einen guten Job.«

»Na ja«, murmelte Henne zustimmend.

»Also?«

»Wenn du es genau wissen willst, sie raubt mir die Nerven. Stell dir vor, die auf dem Rücksitz, und mein Auto bleibt stehen.«

»So schnoddrig, wie sie sich gibt, ist sie gar nicht.«

»Ach, kennst sie wohl schon ganz gut, was?«

»Ich meine ja bloß ...«

»Halt einfach die Klappe, okay?«, brummte Henne.

Verschnupft lehnte sich Leonhardt nach hinten und schloss die Augen. Vielleicht gelang es ihm, eine Mütze Schlaf zu erhaschen. Er glaubte es nicht. Hennes Fahrstil war fast genauso rasant wie der der neuen Kollegin.

Gegen dreiundzwanzig Uhr rollten sie auf den Hof der Werderschen Polizeiwache in der Potsdamer Straße. Ein Beamter erwartete sie bereits und kam ihnen entgegen. »Ihr seid die Leipziger?«

»Kriminaloberkommissar Heine und Kriminalkommissar Leonhardt.«

»Der Tote ist in Perleberg. Ich gebe euch die Adresse des Krematoriums. Ihr müsst mich entschuldigen, heute ist hier der Teufel los. Ferienende.«

»Wir finden uns allein zurecht. Kriegen wir das Protokoll?«

»Liegt schon bereit, ich hole es. Der Unfallort ist übrigens gleich um die Ecke. Ihr könnt ihn anschauen, ist nicht mehr abgesperrt.«

»Machen wir und danke schon mal.«

»Kein Problem.« Der Beamte tippte an seine Mütze. »Eins noch, es gibt einen Augenzeugen. Aber Vorsicht, der alte Kranz hat angeblich immer etwas gesehen. Wir glauben ihm längst nichts mehr. Ich wollte es nur der Vollständigkeit halber erwähnen.«

»Wo finden wir den Mann?«

»Überall und nirgends, ein Obdachloser.«

»Na prima.«

»So schlimm ist es nun auch wieder nicht. Die Gegend ist überschaubar. Außerdem ist der Kranz heute ebenfalls in Perleberg. Ein Aufwasch sozusagen, wenn ihr das Krematorium aufsucht, Kranz hilft dort manchmal aus. Der Betreiber, ein Herr Hecker, weiß Bescheid.«

Das Krematorium war in einem Gewerbegebiet am Rande der kleinen Stadt. Hier lag alles im Dunkel. Außerhalb des unmittelbaren Stadtkerns wurde selbst an der Straßenbeleuchtung gespart. Nicht nur große Städte mussten haushalten.

Der Kies knirschte unter den Schritten der Kommissare, als sie über den großzügigen Parkplatz liefen. Hecker musste sie gehört haben. Eine Lampe ging an, dann stand er in der Tür des Bestattungsunternehmens. Hinter ihm reckte ein verwahrlost aussehender Greis neugierig den Hals.

»Schön, dass Sie sich Zeit für uns genommen haben«, sagte Henne.

»Wollen Sie den Toten sehen?«

Henne wollte, und sie folgten Hecker in die Kühlhalle. An einem Tisch zog er das Laken von der Leiche.

Henne fuhr zurück.

Torsten Toppler bot einen unschönen Anblick. Der Körper war weitgehend verbrannt. Kaum vorstellbar, dass der Tote ein gut aussehender junger Mann gewesen war.

»Ich hätte noch ein paar Fragen«, sagte Henne. »Nicht an Sie, aber an Ihren Gast.«

»Kranz? Wenn Sie dem einen Schluck spendieren, erzählt er Ihnen das Blaue vom Himmel.«

»Das lassen Sie mal unsere Sorge sein.«

Hecker hob pikiert die Augenbrauen. »Meinetwegen können Sie den Vorraum nutzen. Ich bin im Büro, wenn Sie mich brauchen.«

Kranz lümmelte auf einem Plastikstuhl, vermutlich von Hecker bereitgestellt, damit der Landstreicher nicht die in dezentem Grau gehaltenen Sessel verschmutzte.

»Sie haben also den Unfall beobachtet?«, kam Henne ohne Umschweife zur Sache.

»Warum willen der Bimbo dit wissen?«

»Vorsicht, Freundchen«, warnte Leonhardt. »Oberkommissar Heine vertritt das Gesetz. Er ist eine Respektsperson.«

»Dit interessiert mir nich. Mir macht keener Angst. Och een Neger nich, selbst wenn er so 'n Schrank wie der da is.«

»Na schön, aber ein Bier hätten Sie gern, was?«

»So komm ick ins Geschäft«, nickte Kranz und entblößte eine Reihe dunkler, fauliger Zähne.

»Erst Ihre Aussage, dann das Bier.«

»Nee, so läuft dit nich.«

»Irrtum, so oder gar nicht. So wichtig ist das, was Sie angeblich wissen, nun auch wieder nicht.« Henne wandte sich zum Gehen.

Mit einer Geschwindigkeit, die ihm niemand zugetraut hätte, sprang Kranz auf und stellte sich Henne in den Weg.

»Momentchen, Bimbo, ick lasse mit mir handeln.«

»Das muss Ihr Glückstag sein. Normalerweise gebe ich nie ein zweites Angebot ab. Also?«

»Ick erzähle, wat ick weeß, und denn kriege ick wat zu trinken?«

»Abgemacht.«

»Also jut. Ick hatte mir zujelötet und war pennen, plötzlich gab et een Knall. Ick hab jedacht, meine Rübe platzt. Ick hoch, und wat seh ick? Dit Auto von dem Toten da drinne liegt offm Dach. Dann seh ick dit andere Fahrzeug.«

»Es waren zwei?«

»Sag ick doch. Een dunkelblauer Riesenschlitten, janz verbeult vorne an der Stange. Der muss den Jungen abjedrängt haben. Jedenfalls kommt der Fahrer zurück, packt een Kanister aus und schüttet dit janze schöne Benzin über den Jungen. Und dann hat er ihn anjezündet.«

»Sie hätten helfen müssen.«

»Nee, nee.« Entschieden schüttelte Kranz den Kopf und verbreitete eine muffelnde Wolke. »Zuerst komm ick, dann kommt lange jar nüscht. Ick hab damit nüscht zu tun. Der hätte mir justamente kaltjemacht.«

Trotz Leonhardts Protest verfrachtete Henne den alten Kranz auf den Rücksitz des Fords und setzte ihn in der Stadt vor einer heruntergekommenen Kneipe ab.

»In die Kaschemme wolln Se mir verfrachten?«

»First-Class-Hotel ist heute nicht«, konterte Henne und hielt ihm einen Zehn-Euro-Schein hin.

»Na jut, ick lass mir überreden, Bimbo.« Kranz schniefte und ging, um sich die Welt erträglich zu saufen.

Leonhardt kurbelte sämtliche Fenster herunter. »Der Gestank ist ja kaum auszuhalten.«

»Menschen im Abseits«, zitierte Henne, »brauchen die Hilfe der Gesellschaft. Wer, wenn nicht wir – die Polizei –, ist dafür da?«

»Alkohol ist keine Lösung.«

»Für den schon.«

»Denkst du wirklich, der hat die Wahrheit gesagt?«

»Was meint denn das Protokoll?«

Leonhardt öffnete die dünne Mappe, die ihm der Beamte der Polizeidienststelle zugesteckt hatte.

»Hier steht nichts von einem zweiten Wagen.«

»Die Unfallstelle soll in der Nähe sein.«

»Zwei Querstraßen weiter kommt ein Abzweig in ein Waldgebiet. Dort ist es passiert.«

»Ich möchte wissen, was Toppler in dieser gottverlassenen Gegend gesucht hat.«

»Vielleicht musste er mal pinkeln.«

»Deswegen hätte er nicht von der Autobahn abfahren müssen.«

»Stimmt auch wieder.«

»Wo sind eigentlich Topplers Sachen? Der hatte doch bestimmt einen Koffer dabei.«

»Im Protokoll steht etwas von einer Tasche. Auch die fast völlig verbrannt. Sie wurde Hecker übergeben.«

»So ein Blödsinn.« Henne schüttelte unwirsch den Kopf. »Wir holen sie uns.«

Wenn Hecker erstaunt war, die Kriminalkommissare so schnell wiederzusehen, so ließ er es sich nicht anmerken. Mit eingefrorenem Lächeln händigte er ihnen einen blauen Abfallsack aus.

»Viel Freude damit«, sagte er und setzte säuerlich hinzu: »Gewöhnlich werden solche Sachen den Hinterbliebenen übergeben.«

»Gewöhnlich ermittelt die Kripo nicht bei Autounfällen«, entgegnete Henne.

Auf der Rückfahrt hingen die Kommissare ihren Gedanken nach. Keinem war nach einem Gespräch zumute. Der Anblick des verbrannten Torsten Toppler setzte ihnen zu. Beide ahnten, dass sie das Bild noch eine Weile mit sich herumtragen würden.

Uta hatte alle Männer, die auf der Liste standen, abgeklappert. Bisher vergebens. Soweit sie das beurteilen konnte, handelte es sich um ehrenwerte Männer, allesamt langjährige Bürger der Stadt. Ausgenommen ein drahtiger Argentinier, der zwar seit Jahren hier in der Gastronomiebranche tätig war, aber noch immer keinen Wohnsitz genommen hatte, sondern lieber im Hotel nächtigte. Er hatte sie am längsten aufgehalten. Weit davon entfernt, ihre Fragen ernst zu nehmen, hatte er sie mit seinen blitzenden schwarzen Augen förmlich verzehrt. In einer anderen Situation hätte sie womöglich Gefallen an dem Mann gefunden, heute jedoch war sie im Dienst.

Noch war sie nicht fertig, ein Kunde lag noch vor ihr, Oliver Markmann, der Oberstaatsanwalt. Ihn hatte sie sich bis zuletzt aufgespart. Im Grunde war es nur die Pflicht, die sie getrieben hatte. Sie hielt wenig davon, Leute nach einem Raster auszuwählen. Sie setzte lieber auf Intuition. Der Oberkommissar hingegen wollte hinter jedem Namen eine Bemerkung sehen. Ein Kreuz bedeutete, der Mann musste näher beleuchtet werden. Ein Strich, er war für den Fall bedeutungslos.

Sie lief die Treppen zum Eingangsportal des Gebäudes in der Straße des 17. Juni empor. Schweres, gehämmertes Eisen zierte die Türen. Es quietschte, als sie die Pforte aufstieß. Sie orientierte sich am Wegweiser. Im zweiten Stock klopfte sie an eine Tür, neben der ein nüchternes Schild anzeigte, dass sie das Büro des Oberstaatsanwaltes gefunden hatte.

»Tut mir leid, wenn ich störe«, entschuldigte sie sich mit treuherziger Miene, nachdem sie ihr Anliegen vorgetragen hatte. »Sie wissen ja, wie das ist. Ermittlungsarbeit, leider.«

Markmann verzog keine Miene. »Machen Sie es kurz.«

»Wir sind auf der Suche nach dem Mörder dieser jungen Prostituierten und gehen einem Hinweis nach. Ein Mann mit Hut soll uns weiterbringen. Sie tragen doch Hut?«

»Mir gefällt die Frage nicht, junge Frau. Sie ist persönlich und für die Sache vollkommen unwichtig.«

»Das sehe ich anders. Antworten Sie mir bitte. Sind Sie Hüteträger?«

»Macht mich das zu einem Verbrecher?«

»Ich will mich klar ausdrücken: Dieser Mann mit Hut wird nicht verdächtigt. Wir erhoffen uns von ihm Hilfe«, log Uta unbeeindruckt.

»Nur zu gern würde ich Sie unterstützen. Ich bin Staatsanwalt, das haben Sie offenbar festgestellt. Mein Interesse an der Aufklärung von Straftaten ist mindestens ebenso groß wie Ihres.«

Markmanns großkotziges Gehabe begann, Uta auf den Wecker zu gehen. Sehr ruhig erwiderte sie seinen herablassenden Blick.

»Ich schlage vor, Sie kümmern sich um Ihre Angelegenheiten.«

»Eins zu null.« Markmann lachte schallend. Die junge Frau amüsierte ihn.

Uta blieb ernst. »Wo waren Sie letzte Woche Montag zwischen acht und zehn Uhr Vormittag?«

»Jetzt gehen Sie zu weit.«

»Das überlassen Sie bitte mir. Also?«

»Hier natürlich.« Markmann blätterte in seinem Kalender. »Bis Mittag im Büro, ab eins im Gericht. Strafsache 32 Js 787. Der Richter sollte Ihnen als Zeuge genügen.«

»Darf ich?«, fragte Uta und zog, ohne die Antwort abzuwarten, das Telefon zu sich heran. Sie wählte. Während sie darauf wartete, dass der Gesprächspartner die Verbindung herstellte, schaute sie Markmann gelassen direkt in die Augen. Verwaschenes Blau hinter randloser Brille, registrierte sie bei sich, dann begann sie ihr Gespräch.

»Zweifellos haben Sie recht«, gab sie zu, nachdem sie aufgelegt hatte. Insgeheim hatte sie gehofft, der Richter würde Markmanns Angaben nicht bestätigen.

»Was dachten Sie denn?«

»Nichts, Herr Oberstaatsanwalt. Das meinten Sie doch, oder? Polizisten denken nicht, sie handeln.«

Sie wünschte ihm zynisch einen guten Tag und ging. Überheblicher Schnösel, dachte sie im Hinausgehen und ließ die Tür absichtlich laut hinter sich ins Schloss fallen. Wütend machte sie hinter Markmanns Namen einen fetten Strich.

Sie beschloss, den ausführlichen Bericht zu Hause zu schreiben. Wenn sie ihn per E-Mail an Henne schickte, hatte er ihn gleich am Morgen auf dem Tisch. Vielleicht konnte sie ihn damit beeindrucken, auch wenn sie es nicht so richtig glauben mochte.

Der Kommissar war eine harte Nuss. Schuster hatte sie gewarnt. Bei Henne war der Dienst schwer, er nahm weder Rücksicht, noch hatte er Geduld. Sie hatte trotzdem zu ihm gewollt. Der oder keiner, hatte sie dem Onkel in den Ohren gelegen und sich vorgenommen, den Kommissar zu knacken. Allmählich fragte sie sich, ob sie sich überschätzt hatte. Bislang hatte Henne ihr nur das Nötigste anvertraut, und nach Werder hatte er sie auch nicht mitgenommen.

DREIZEHN

Der nächste Morgen begann für Henne alles andere als erfreulich.

»Wo bist du gewesen?«, wollte Erika beim Frühstück wissen.

Henne kannte den Tonfall nur zu gut. Erika war böse auf ihn. »Arbeiten, du kennst das doch.«

Erikas warf aufgebracht das Brötchen, von dem sie abbeißen wollte, auf den Tisch. Es klatschte in Hennes Kaffeetasse. Der Kaffee schwappte über. Henne verbrannte sich die Hand.

»Verdammt, was soll das?«

»Genau das könnte ich dich fragen«, erwiderte Erika mit schmalen Augen. »Du treibst dich nächtelang sonst wo herum, und ich hocke hier und warte, dass du dich meldest.«

»Nächtelang, welche Übertreibung«, knurrte Henne schuldbewusst.

»Hast du vergessen, weshalb ich dich damals verlassen habe? Alles sollte sich ändern, das hast du versprochen. Und jetzt?«

»Ich habe einen kniffligen Fall zu lösen.«

»Du hast immer irgendwelche Fälle, das wird sich nie ändern. Wo bleibe ich dabei? Habe ich überhaupt Platz in deinem Leben?«

»Na hör mal, ich liebe dich doch!«

»Liebe, dass ich nicht lache!« Erika sprang auf und begann, den Tisch abzuräumen.

Mit Bedauern sah Henne Wurst und Käse im Kühlschrank verschwinden. Er hätte gern noch etwas gegessen, aber Erika jetzt daran zu erinnern wäre ein großer Fehler.

»Natürlich liebe ich dich.« Er griff nach seiner Tasse, ehe sie Erika wegnehmen konnte.

»Wenn es so ist, wie du sagst, dann verrate mir mal bitte, was du über mich weißt.« Erbost baute sich Erika vor ihm auf. »Weißt du, dass mein Malkurs ein Fiasko ist? Weißt du, dass meine Schüler einer nach dem anderen abgesprungen sind? Dass die Volkshochschule künftig auf meine Mitarbeit verzichten will?«

Betroffen blickte Henne auf den leeren Tisch, den nur noch ein großer Kaffeefleck zierte. Nichts von allem hatte er gewusst. Er hatte geglaubt, Erika sei glücklich. Schließlich hatte sie die Wohnung renoviert. Nach ihren Vorstellungen, wohlgemerkt. Er hatte ihr freie Hand gelassen, sie konnte sich voll und ganz verwirklichen. Nun stellte sich heraus, es reichte ihr nicht zum Glücklichsein.

»Ich verspreche dir, alles wird anders, wenn ich erst diesen vertrackten Fall gelöst habe«, sagte er. Seine Augen bettelten.

»Das habe ich schon viel zu oft gehört.«

»Diesmal kannst du mich beim Wort nehmen.«

»Ach Heinrich, ich will dir so gern glauben«, seufzte Erika. »Ich kann es einfach nicht.«

»Versuch es, bitte. Gib mir noch eine Chance. Heute Abend bin ich spätestens zum Essen da. Wir könnten ins Kino gehen.«

Ein schwacher Versuch. Erika liebte Kinogänge, er hingegen raffte sich nur ihr zuliebe dazu auf. Sie wusste das.

Verbissen wischte sie mit dem Lappen über den Tisch, als wolle sie das Dekor abschleifen.

»Ich lasse mich überraschen«, murmelte sie und sah nicht auf, als er ihr einen Kuss auf den Nacken drückte.

Dschingis, der vor der Wohnungstür lag, wunderte sich, dass Henne die üblichen Streicheleinheiten vergaß und, ohne ihn eines Blickes zu würdigen, das Haus verließ. Enttäuscht rollte er sich zusammen und versteckte die Schnauze unter den Vorderpfoten.

Henne nahm sich fest vor, diesmal wirklich rechtzeitig zurück zu sein. Je eher er mit der Arbeit begann, umso wahrscheinlicher war ein pünktlicher Feierabend. Er hievte sich in den Wagen und startete durch. Zwei Straßen weiter versagte der Ford seinen Dienst. Henne hämmerte entnervt auf das Armaturenbrett. Die nachfolgenden Autos zogen an ihm vorbei, einige Fahrer glotzten blöd. Er versuchte einen neuen Start. Immerhin sprang der Wagen an. Henne gab sich Mühe, das Gaspedal gefühlvoll durchzudrücken. Die einzige Chance, den Ford am Laufen zu halten. Als er in die Dimitroffstraße bog, war er völlig durchgeschwitzt. Was für ein elender Start in den Tag. Zum Glück hatte Leonhardt den Kaffee fertig.

Hagen Leonhardt hatte das Protokoll eingehend studiert und legte es beiseite.

»Fakt ist, Topplers Fahrzeug hat gebrannt«, brütete er.

»Aber?«, fragte Henne.

»Autos brennen im Film. In Wirklichkeit sind sie so konzipiert, dass sie nicht ohne Weiteres in Brand geraten.«

»Bist du neuerdings Kfz-Profi?«

»Warum so bissig? Ich hab es gelesen, und das bildet bekanntlich.«

»Papier ist geduldig.«

»Meine Güte, was hast du bloß?«

»Es ist Erika«, rückte Henne widerwillig heraus. »Sie macht mir die Hölle heiß.«

Kein Wunder, dachte Leonhardt, hättest dich gestern melden sollen. Er sagte: »Kauf ihr Blumen und führ sie zum Essen aus. Das hilft immer.«

»Meinst du wirklich?«

»Versuch es, wirst schon sehen. Mit einem neuen Auto könntest du sie sicher auch beeindrucken.«

»Ich soll mich von meinem Ford trennen? Niemals!«

Trotzdem nutzte Henne die Mittagspause, um in der nächstgelegenen Autowerkstatt vorbeizusehen.

»Der Wagen ist Schrott«, bestätigte der Meister. »Wir können ihn reparieren, aber das kostet Sie mehr, als er wert ist. Wollen Sie das wirklich?«

Henne zögerte.

»Wir haben gerade ein Top-Angebot. Einen Mercedes, ein Hochdachkombi. Genau das Richtige, wenn Sie Hunde haben oder viel transportieren wollen.«

Transportieren wollte Henne nichts, der Hinweis auf den Hund beeindruckte ihn jedoch wider Willen. Dogge Dschingis war alles andere als ein Schoßhündchen. Sie mussten eng zusammenrücken, wenn er sich auf der Rückbank des Fords ausbreitete und den Kopf zwischen die Vordersitze schob. Von den ewigen Sabberfäden, die Dschingis auf ihren Kopfstützen verteilte, ganz zu schweigen.

»Okay, ich nehme den Wagen«, entschloss er sich.

Während der Meister den Kaufvertrag ausfüllte, fragte er: »Wie kommt es eigentlich, dass Autos so schnell in Brand geraten?«

»Da hat Ihnen jemand einen Bären aufgebunden. Autos brennen selten, und wenn, bricht das Feuer meistens im Motorraum aus. Durch Kabelbrände zum Beispiel oder undichte Leitungen, aus denen Kraftstoff auf heiße Motorteile tropft.«

»Kann ein Fahrzeug in kurzer Zeit völlig zerstört werden?«

»Ach was, es vergeht eine gewisse Zeit, bis das Feuer ins Wageninnere vordringt.« Der Meister schob Henne Kugelschreiber und Papiere zu. »Unterschreiben Sie bitte, hier und hier.«

»Genug Zeit, dass sich die Insassen retten können?«

»Natürlich, jedenfalls wenn sie bei Bewusstsein sind. Wollen Sie den Wagen mitnehmen und selbst bei der Zulassung anmelden, oder soll ich das übernehmen?«

Henne war froh, den bürokratischen Teil dem Meister überlassen zu können.

Auf dem Rückweg ging ihm ein Satz durch den Kopf. Wenn die Insassen bei Bewusstsein sind, hatte der Meister gesagt.

Toppler hatte sich nicht gerettet. War er bewusstlos gewesen? Oder hatte es den anderen Mann, den der alte Kranz zu sehen geglaubt hatte, tatsächlich gegeben? Hatte der den Toppler am Aussteigen gehindert?

Fragen über Fragen. Eine Obduktion hätte möglicherweise Licht ins Dunkel gebracht. Zu dumm, dass es keine gab.

»Gut, dass du kommst«, empfing ihn Leonhardt. »Der Alte hat nach dir gefragt.«

Hennes Blick streifte Uta Trettau, die vor einem Stapel Papier saß und die Blätter ordnete. »Er muss sich gedulden. Das Palmarosa ist wichtiger.«

»Wieso das denn?«

»Überleg doch mal! Welche Fakten haben wir? Erstens: Ein ausländisches Mädchen wurde erstochen. Zweitens: Topplers Professor hat von einem ausländischen Mädchen gesprochen. Stimmt doch, Frau Trettau?«

Uta nickte eifrig. »Gewiss. Auch Frau von Gunsler hat es erwähnt.«

»Eben, wenn das kein Fingerzeig ist. Ich wette, Toppler ist im Palmarosa ein und aus gegangen.«

»Hoffentlich verlierst du die Wette nicht.« Leonhardt blieb argwöhnisch.

»Das werden wir gleich wissen. Steck ein Foto von Toppler ein, wir werden es brauchen. Sie, Frau Trettau, kümmern sich derweil um die kriminaltechnische Untersuchung von Topplers Sachen.«

»Natürlich, Herr Henne.«

»Heine.«

»Hm.«

»Bei der Gelegenheit können Sie sich auch gleich nach den Ergebnissen bezüglich des Mädchens erkundigen. Die müssten längst vorliegen.«

»Mach ich, Herr Hen… äh … Heine.«

Trotz der frühen Stunde war das Palmarosa gut besucht, jeder Tisch besetzt und auch die Stühle an der Bar.

Grimmer äugte neugierig zu den Kommissaren, die sich durch die Tische drängten, hinüber.

»Zwei Neue?«, fragte er den langhaarigen Mann neben sich.

»Bullen«, erwiderte Victor.

Grimmer zuckte zusammen. Eilig nestelte er einen Geldschein aus der Tasche und legte ihn auf den Tresen. »Ich habe noch einen Termin«, stotterte er, »hätte ich beinahe vergessen.«

Victor grinste geringschätzig. Dann widmete er sich wieder den Neuankömmlingen. Er konnte gerade noch sehen, wie sie in Paschas Büro verschwanden.

Kurz darauf tauchten die Kommissare wieder auf. Sie gingen

von Tisch zu Tisch und zeigten ein Foto. Victor sah, wie sie etwas fragten, aber lediglich Kopfschütteln zur Antwort bekamen. Ehe sie bei ihm anlangten, schob er sich zur Tür hinaus. Der Boss würde wissen, was zu tun ist.

Ihm entging, dass Pascha aus dem Büroraum stürzte und um Henne herumwuselte. »Ich sagte doch bereits, der Mann war hier. Ein paarmal, aber nicht oft. Kein Grund, meine Gäste zu belästigen.«

»Du kennst dich aus mit Belästigungen, stimmt's?« Henne deutete auf den Verband unter Paschas Hut.

»Ein Unfall.«

»Was sonst.«

»Lassen Sie doch endlich die Befragungen.«

»Wir sind ohnehin gleich fertig. Die Männer werden es überleben. Sind schließlich nicht alle solche Schweine wie du.«

»Ich muss doch bitten«, entrüstete sich Pascha lasch.

»Bitte, wen immer du willst, aber mich lass gefälligst in Ruhe. Wenn dir einfällt, was Toppler und Donata gemein haben, melde dich. Kronzeugen sind bei uns gern gesehen.«

»Ich habe keine Ahnung, wovon Sie reden.«

»Deine Intelligenz hat gelitten, falls du überhaupt jemals welche besessen hast. Denk nach, gründlich. Es wäre besser, es fällt dir rechtzeitig ein.«

»Dieser Mann, der Toppler, warum suchen Sie den?«, fragte Pascha.

»Der wird nicht gesucht, der besteht aus dreieinhalb Kilo Asche.«

»Ich verstehe nicht.«

»Er ist tot, klar soweit?«

Pascha schluckte schwer. Sein Magen war plötzlich ein Klumpen Eis.

Obwohl es Henne tatsächlich gelang, zum Abendbrot zu Hause zu sein, war er unzufrieden. Seine Gedanken kreisten um Pascha. Erika, die mit ihm über die Filmauswahl reden wollte, musste ihre Fragen mehrmals wiederholen. Mit verkniffenem Gesicht verkündete sie schließlich, auf einen Kinobesuch mit ihm zu verzichten. Der Abend war gründlich verdorben. Sie schwiegen sich an, und Henne verzog sich beizeiten ins Bett. Am Morgen fand er statt seines Frühstücks einen Zettel in der Küche.

»Wenn du mich liebst, gehst du heute mit in die Oper.«

Wie sollte er Leonhardt bloß begreiflich machen, dass er schon wieder zeitig wegmusste? Erika setzte ihn gehörig unter Druck.

VIERZEHN

Schuster nahm Hennes Bericht mit konzentrierter Miene zur Kenntnis. »Sehr schön, Heine, ich vertraue darauf, dass der Fall bis spätestens Montag gelöst ist.«

»Schwer zu sagen.«

»Keine Ausreden, Heine. Ich habe eine Pressekonferenz einberufen. Sie wissen doch, in vierzehn Tagen wird der neue Oberbürgermeister gewählt. Was glauben Sie, welche Chancen unser Favorit hat, wenn es ungelöste Mordfälle in der Stadt gibt?«

Henne war das völlig egal, ihn interessierte schon lange nicht mehr, wer die Stadt regierte. Zu viel Unsinn wurde seiner Meinung nach verzapft, zu viel Geld verschleudert und immer zu Lasten der Bevölkerung.

»Wie macht sich Frau Trettau?«, wollte Schuster wissen.

»Sie hat gute Anlagen.«

»Das meine ich auch. Nehmen Sie das Mädel ruhig hart ran, sie muss noch viel lernen.« Mit einem leutseligen Schulterklopfen war Henne entlassen.

»Nanu, wo ist denn Leonhardt?«, wollte er wissen, als er im Büro nur besagtes hart ranzunehmendes Mädel vorfand.

»Zum Arzt. Rücken.«

»So.« Die Oper und damit Erika rückten in weite Ferne.

»Die Dame von unten hat Bescheid gesagt.«

Uta meinte Gitta, die wie immer in der gläsernen Pforte saß und Besucher wie Angestellte eifrig registrierte. Als Henne sich bei ihr nach Einzelheiten erkundigen wollte, traf er Hagen Leonhardt in ein angeregtes Gespräch vertieft. Gittas Frisur, eine neonrote Kurzhaarperücke, entlockte ihm ein qualvolles Stöhnen.

»Ist etwas?«, fragte Gitta spitz.

»Nein, nein«, wehrte Henne eilig ab. Das fehlte noch, dass ihn Gitta über neueste Modetrends belehrte. »Ich wollte wissen, wie es unserem Kranken geht.«

Leonhardt fasste nach Hennes Arm. »Lass uns in die Kantine gehen.« Mühsam humpelte er neben ihm her. Ächzend ließ er sich auf den erstbesten Stuhl fallen.

»Die Trettau sagte, du hast es im Rücken.«

»Bandscheibe oder so was in der Art.«

»Warst du beim Arzt?«

»Klar doch, in der Nacht, nachdem wir aus dem Palmarosa kamen.«

»Ich hab dir gar nichts angemerkt.«

»Da ging es ja auch noch. Der Mist fing erst zu Hause an. Ich wollte noch mal aufstehen, da zwickte es plötzlich. Dann war Sense.«

»Was hat der Arzt gemacht?«

»Spritze und heute Morgen Physiotherapie.«

»Hilft das?«

»Wie man es nimmt«, entgegnete Leonhardt. »Erst zog es nur im linken Bein. Seitdem der Physiotherapeut an mir herumgewerkelt hat, tut mir auch noch das rechte weh.«

»Dir fehlt Vertrauen in die ärztliche Kunst.«

»Sehr witzig.« Leonhardt rückte sich in eine andere Position. »Solche Schmerzen wünsche ich nicht einmal meinem ärgsten Feind.«

»Wovon redet ihr zwei?«, fragte Kienmann, der soeben durch die Tür kam.

»Hagen hat was an der Bandscheibe.«

»Armer Mann.«

»Du hast gut lachen«, stöhnte Leonhardt.

»Leg dich mal auf den Tisch.«

»Was?«

»Mach schon!« Kienmann räumte die schmale Blumenvase beiseite, in der wie auf jedem Tisch eine blassrosa Nelke vor sich hin welkte.

»Auf den Bauch, wenn ich bitten darf.«

»Auch das noch«, murrte Leonhardt, doch er tat wie ihm geheißen.

»Du nimmst seine Schultern«, gab Kienmann Henne Anweisungen. »Schön festhalten.« Dann stemmte er Leonhardt das Knie in die Seite und riss ihn zu sich herum. Ein deutliches Knacken war zu hören. »Fertig, du kannst absteigen.«

Leonhardt reckte sich. Wie durch ein Wunder war der Schmerz verschwunden.

»Menschenskind, danke! Wie hast du das bloß gemacht?«

Kienmann winkte ab. »Bandscheibe, dass ich nicht lache. Da studieren die Leute viele Semester und können keine richtige Diagnose stellen.«

»Was war es denn?«

»Stell dir vor, dein Rücken ist eine Schublade. Du bewegst dich dumm, und die Schublade verklemmt.«

»Verstehe, ein wenig rütteln und schon ist sie wieder frei.«

»So ungefähr, aber keine Experimente auf eigene Faust«, warnte Kienmann. »Habt ihr schon gegessen? Das Beefsteak soll heute hervorragend sein.«

»Für mich nur einen Salat«, sagte Henne.

»Diät?«

»Erika und ich, wir gehen heute Abend aus.«

»Schon wieder?«, wunderte sich Leonhardt. »Ihr wart doch erst gestern im Kino?«

»Das ist ins Wasser gefallen.«

»Na ja, Filme werden ja wiederholt.«

»Heute ist Oper angesagt. Ich muss in den Anzug passen.«

Als er das letzte Mal in die dunkelgraue Stoffhose gestiegen war, hatte er sie nur mit Mühe schließen können. Aus Angst, dass der Knopf davonspringen könnte, hatte er den ganzen Abend gestanden. In der Oper war Stehen ausgeschlossen.

»Armer Heinrich.« Kienmann schenkte ihm einen mitleidigen Blick, dann bat er die Bedienung um eine extragroße Portion.

»Hast du den Freund meiner Tochter schon ausfindig gemacht?«, wollte er beim Essen wissen.

»Erzähle ich dir nachher.«

»Warum? Ist es so schlimm? Ich bin hart im Nehmen.«

»Er ist tot.«

»Nein!« Kienmann legte das Besteck beiseite. »Was ist passiert?«

»Verkehrsunfall, das kommt vor.«

»Heinrich, ich glaube, du verschweigst mir etwas.« Kienmanns graue Augen blickten ernst.

»Gehen wir in dein Büro«, entgegnete Henne. »Ich brauche einen Schnaps.«

»Ich auch.«

Da Leonhardt dankend ablehnte, saßen sich Kienmann und Henne zu zweit in Kienmanns Reich gegenüber. In ihrer Mitte der Selbstgebrannte, der diesmal seinen Ursprung in Wacholder und Kienzapfen hatte. Nichtsdestotrotz schmeckte er um keinen Deut besser als die Ergebnisse von Kienmanns sonstigen Brennversuchen. Henne war es egal, er kippte das Glas in einem Zug.

»Der Toppler war mehr als der nette, junge Student«, begann er und erzählte, was er herausgefunden hatte.

»Ein regelmäßiger Bordellbesucher, dazu ein Verhältnis mit einer Frau, die seine Mutter sein könnte! Wenn das Lulu erfährt!« Kienmann schenkte nach.

»Muss sie ja nicht.«

»Da kennst du sie aber schlecht. Sie löchert mich jeden Tag, ob es etwas Neues gibt.«

»Lulu und Torsten Toppler – sind sie, ich meine, waren sie …«

»Ein Liebespaar? Nein. Lulu ist immer noch mit diesem Handwerker zusammen.«

Henne atmete auf. »Handwerk hat goldenen Boden.«

»Sag das dem jungen Mann, der täglich eine andere Ausrede findet, um dem goldenen Boden aus dem Weg zu gehen.«

Kienmann tat sich schwer, Freunde seiner Tochter zu akzeptieren. Keiner war ihm gut genug. Bei dem aktuellen kam hinzu, dass der als Musiker in einer Heavy-Metal-Band spielte und Arbeit ansonsten scheute.

»Es könnte schlimmer kommen.«

»Kaum. Da müsste Lulu schon einen wie diesen Pascha angeschleppt bringen.«

»Schwer vorstellbar, dass Pascha ihr Typ ist«, grinste Henne.

»Dein Wort in Gottes Ohr.« Kienmanns Gesicht verdüsterte sich. »Es wird ihr wehtun, von Torstens Tod zu erfahren. Ich habe immer versucht, sie zu beschützen. Sie ist mein kleines Mädchen, verstehst du das?«

Henne hatte keine Kinder, es hatte sich einfach nicht ergeben. Dennoch konnte er die Ängste des Freundes nachvollziehen.

»Lulu ist erwachsen. Sie ist stärker, als du denkst«, tröstete er ihn.

Sein Handy rief ihn an die Arbeit zurück.

»Lass dich später noch mal blicken«, bat Kienmann.

Henne versprach es.

Nach der Mittagszeit hatte sich der Johannapark allmählich bevölkert. Die zwei Männer, die den breiten Hauptweg entlangschlenderten, gingen in der Menge unter. Einer von ihnen trug einen perlgrauen Anzug und einen Hut in gleicher Farbe. Sehr dezent, sehr unauffällig.

»Du weißt, was du zu tun hast?«, fragte er seinen Begleiter.

»Ich weiß es. Sie können sich auf mich verlassen, Boss.«

»Niemand darf dich sehen.«

»Keine Sorge.«

»Du musst erfolgreich sein. Pascha braucht einen Denkzettel, und diesmal unmissverständlich.«

»Es wird alles wie besprochen klappen.«

»Dann will ich dich nicht länger aufhalten.«

Victor schritt zügig davon.

Der Boss sparte es sich, ihm nachzuschauen. Er wusste, Victor gehorchte. Zu viel stand für ihn auf dem Spiel. Ein Schnalzen mit dem Finger, und der Russe wanderte in die Weite der sibirischen Taiga zurück. Nicht Victor, die vielen Unwägbarkeiten beunruhigten ihn. Die Polizei war viel zu oft bei Pascha gewesen. Er hoffte, sie hatten Victor nicht bei ihm gesehen. Ein Zufall konnte genügen, ein Pfleger im Altenheim zum Beispiel, dem Victor plötzlich auffiel, und schon konnte Oberkommissar Heine seine Schlüsse ziehen.

Von Anfang an hatte er gewusst, worauf er sich eingelassen

hatte. Er hatte alles bedacht, alles genau geplant. Nur mit Heine, mit dem hatte er nicht gerechnet. Ausgerechnet dem hatte das Schicksal den Fall zugespielt. Jeder andere Kommissar wäre ungefährlich. Heine hingegen war ein Bluthund. Der gab erst Ruhe, wenn der Fall gelöst war.

Schuster hatte oft genug von ihm geschwärmt. Doch niemand war perfekt. Auch der Herr Oberkommissar hatte Schwachstellen. Man musste sie nur finden.

Gedankenversunken kehrte der Mann um und verließ den Park auf einem Seitenweg.

Kaum war Victor um die Ecke gebogen, zügelte er seinen Schritt. Er hatte keine Eile. Das Seniorenheim lief ihm nicht davon. Die Alten aßen um halb sechs zu Abend, danach wurden sie in ihre Zimmer abgeschoben. Ausziehen, waschen, Ruhe. Das war die beste Zeit.

Er beschloss, in der Bar an der Ecke einen Drink zu nehmen.

Noch immer hielt die sommerliche Hitze an. Auf den Gehwegen reihte sich Freisitz an Freisitz. Nichts für ihn, er suchte die dämmrige Kühle im Innern.

Das Anton Hannes, Café und Bar zugleich, strahlte in dunklem Rot. Es herrschte eine verschwiegene Stimmung, in die er nur zu gern eintauchte.

Er bestellte eine Wodka-Cola und schaute sich um. Ein Pärchen am Tisch neben der Tür, eine Gruppe junger Leute, die lautstark diskutierten, ein Mädchen am Nachbartisch, das ein aufgeklapptes Notebook vor sich stehen hatte. Er tippte auf Studentin. Sie gefiel ihm. Er lächelte ihr zu, und sie lächelte zurück.

Sie leerte ihr Glas, und ohne nachzudenken, orderte er Nachschub und prostete ihr zu. Sie zierte sich nicht und nahm den Cocktail an. Er versuchte kein Gespräch, stillschweigend akzeptierte sie das. Er mochte Frauen, die auf Anhieb verstanden, und als es Zeit war, ging er. Er ignorierte das leise Bedauern. Zu einer anderen Zeit, bei einer anderen Gelegenheit hätte sich mehr ergeben können. Heute nicht, heute hatte er einen Job zu erledigen.

Luise Kienmann schickte ihm einen langen Blick hinterher, dann vertiefte sie sich wieder in ihre Studien.

Die Nachricht hatte Pascha aufgeschreckt. Er hatte mit vielem gerechnet, damit allerdings nicht. Jetzt saß er im Goldenen Herbst der Heimleiterin gegenüber. Frau Deglich war eine resolute Dame, die die Dinge ohne Umschweife beim Namen nannte.

»Sie hatte ein langes Leben«, sagte sie. »Sie sollten froh darüber sein.«

Pascha schüttelte verständnislos den Kopf. »Gestern ging es ihr noch gut.«

»Ihre Mutter war krank, ein schwaches Herz, der nachlassende Geist. Irgendwann ist es vorbei, der Körper will nicht mehr. Verstehen Sie?«

Pascha verstand nur eines: Seine Mutter war tot. Alles andere war ihm egal.

»Gehen Sie in ihr Zimmer. Sie müssen es räumen. Wir haben es bereits neu vergeben.«

Mechanisch lief er den mit grünem Linoleum ausgelegten Flur entlang. Vor Zimmer 405 zögerte er, dann drückte er entschlossen die Klinke.

Obwohl beide Fenster geöffnet waren und sich die geblümten Vorhänge im Sommerwind blähten, hing noch immer ein muffiger Dunst im Raum. Ihm dünkte er wie der Geruch des Todes. Er setzte sich auf die Bettkante und ließ den Blick schweifen. Die Schranktüren standen offen, Mutter Paschers Pullover und Strickjacken stapelten sich säuberlich Kante auf Kante. Darunter die Wäsche, Strümpfe und Schals.

Als wäre sie bei ihm, sah er die Mutter im Sessel sitzen und an einem Mürbchen mümmeln. Ihre Lieblingskekse. Tränen stiegen ihm in die Augen. Beinah hätte er das leise Klopfen überhört.

»Darf ich?«, fragte die Frau, die ihren Kopf zur Tür hereinsteckte.

Pascha nickte widerstrebend. Lieber wäre er allein gewesen.

Doch der Frau konnte er den Zutritt nicht verwehren. Michelle Stiegler, Köchin des Seniorenheimes, hatte oft bei seiner Mutter gesessen. Irgendwie hatten die beiden Frauen einen Draht zueinander gefunden. Pascha hatte es nie verstanden, es aber auch nie versucht.

Michelle, benannt nach einer attraktiven Filmschauspielerin, war weit davon entfernt, ihrem Idol zu ähneln. Sie war klein, pummlig und trug beständig eine grauenhafte, viel zu hell blondierte Kaltwellenfrisur.

»Ich werde sie vermissen«, schluchzte sie und drückte Pascha mitfühlend die Hände.

Vergebens versuchte er, sich aus ihrem Griff zu befreien. Michelle klammerte sich umso fester an ihn.

»Wenigstens hatte sie vor ihrem Tod noch einmal Besuch.«

»Besuch?« Pascha hatte keine Ahnung, dass außer ihm und der Köchin jemand Anteil am Leben der Mutter genommen hatte.

»Ich habe den jungen Mann gestern zum ersten Mal gesehen.«

In Pascha schrillten auf einmal die Alarmglocken. »Welcher junge Mann?«

»Eine adrette Erscheinung. Ich mag eigentlich keine Männer mit langen Haaren, aber der sah richtig gut aus.«

»Etwa dunkelhaarig?«

»Genau, kennen Sie ihn? Natürlich kennen Sie ihn, er gehört ja zur Familie. Ein Cousin dritten Grades, das hat er mir verraten, als er mir quasi in die Arme gelaufen ist.« Michelles blassgraue Augen leuchteten verklärt.

Pascha wurde übel. Der Boss hatte seinen Killer geschickt, diesen verdammten Victor. Eine Warnung, erst die Mutter, dann er.

Seine Füße begannen zu zittern, das Zittern ging über die Beine auf die Arme über und endete in den Händen. Er konnte nichts dagegen tun. Ihm war heiß und kalt zugleich. Seine Gedanken rasten. Er musste weg, untertauchen. Wieder fiel ihm Moskau ein.

Doch nein, was hatten die Lettinnen gestern erst herausbekommen? Der Boss hatte einen langen Arm. Grenzen spielten keine Rolle. In der Lubjanka saß jetzt einer seiner Busenfreunde. Weiß der Geier, wie er das gedreht hatte. Er musste unverschämtes Glück haben. Für ihn selbst bedeutete das den Tod. Verzweifelt schluchzte er auf.

»Sie Ärmster, das ist der Schock«, brachte sich Michelle in Erinnerung und wollte ihm eine Decke umlegen.

Er stieß sie barsch beiseite und stürmte aus dem Raum.

Kopfschüttelnd legte Michelle die Decke zusammen.

»Es ist eine Tragödie«, murmelte sie, »die Mutter ist eben durch nichts zu ersetzen.«

Henne mochte das Opernhaus. Obwohl es ein moderner Bau war, hatten die Baumeister der fünfziger Jahre die spätklassizistischen Formen des im Krieg zerstörten Vorgängerbaus aufgenommen und ihm damit ein einprägsames Antlitz verschafft. In den Zeiten vor der deutschen Vereinigung hatte das Gebäude als größter und repräsentativster Theaterbau Ostdeutschlands gegolten. Das war längst Geschichte, der unverwechselbare Charme hingegen war geblieben.

Jetzt allerdings konnte er Henne nicht aufmuntern. Er langweilte sich fast zu Tode und ärgerte sich, dass er sich von Erika zu dem neuzeitlichen Stück hatte überreden lassen. Die Hauptfigur, ein verkappter Künstler, auf Eisbergen umherirrend und suizidgefährdet, wirkte antiquiert und abgedroschen. Die Musik war erträglich, aber das auch nur, weil das Leipziger Opernhaus einige überragende Stimmen verpflichtet hatte.

Er liebte Musik, nicht zuletzt durch sein eigenes Saxophonspiel. Aber was hier geboten wurde, ging ihm gehörig gegen den Strich. Um die Zeit nicht völlig nutzlos verstreichen zu lassen, beschäftigte er sich in Gedanken mit seinem Fall.

Ein Mädchen, eine Prostituierte – ermordet, weil sie offensichtlich aussteigen wollte. Ihr Helfer – ebenfalls tot. Ein Unfall, möglich, doch unwahrscheinlich. Zu gut passte es ins Bild. Nun galt es, den Drahtzieher zu finden. Pascha schied aus, der hatte ein bombensicheres Alibi, resümierte er. Wer also kam noch in Frage? Es war wie verzwickt, er steckte in einer Sackgasse.

Seufzend rutschte er in eine bequemere Position. Dass die Sessel aber auch so hart sein mussten. Dazu drückte der verdammte Hosenbund trotz des verkniffenen Mittagsmahls wider Erwarten, dass er meinte, ein Drahtseil fresse sich in seinen Leib.

Erika legte den Finger auf die Lippen und sah ihn strafend an. Das einsetzende Orchester enthob ihn einer Antwort.

Leise stand er auf und zwängte sich durch die Zuschauerreihe zum Ausgang.

Im Foyer atmete er auf. Er ging an die Bar und bestellte sich ein großes Bier. Schwarzbier hatten sie nicht, die Opernbar war eben nicht die Rote Emma. Achselzuckend gab er sich mit einem Hellen zufrieden.

Vielleicht war Toppler betrunken gewesen. Ihm fiel ein, sie hatten weder nach Blutwerten noch nach sonstigen Untersuchungsergebnissen gefragt. Ein Fehler, hoffentlich konnte er ihn ausbügeln. Er beschloss, sich als Erstes auf die kriminaltechnischen Untersuchungsergebnisse zu stürzen.

Wenn er Glück hatte, wartete Uta Trettau, die fleißige Biene, schon damit auf ihn.

Er hatte Glück. Am nächsten Tag lag ein dicker Umschlag auf seinem Tisch.

»Na, wie war es gestern?«, fragte Leonhardt.

»Tipp von mir, spar dir die Aufführung. Es war grauenhaft.«

Henne verschwieg, dass das Stück im Vergleich zu der Szene, die ihm Erika anschließend gemacht hatte, die reinste Freude gewesen war.

»So bist du«, hatte Erika gehöhnt. »Erst so tun, als ob du gern mit mir ausgehst, und mich dann sitzen lassen. Und wo finde ich dich? Am Tresen und immer ein Bier in der Hand.«

Er war ausgetickt und hatte zurückgeschrien: »So bin ich eben. Bist du nun zufrieden?«

Gleich darauf hatte es ihm leidgetan. Er hatte einen täppischen Entschuldigungsversuch unternommen, aber Erika war hocherhobenen Kopfes an ihm vorbeigerauscht.

Als er nach Hause gekommen war, hatte er die Wohnung leer

gefunden. Nur Dschingis, der hatte wie immer im Flur gewartet. Traurig hatte sich Henne neben ihm auf den Boden gesetzt und das Gesicht im Fell des Hundes vergraben. Er hatte es wieder einmal gründlich vermasselt.

Dschingis, der zu verstehen schien, hatte ihm die Nase geleckt. Getröstet hatte es ihn nicht.

Später dann, vorm Zubettgehen, hatte er sich lange im Spiegel des Badezimmers gemustert. Er war weder reich noch schön. Ein Ekelpaket, dem es recht geschah, wenn ihm die Frau davonlief. Am liebsten hätte er sich angespuckt. Er unterließ es, massierte stattdessen die rot hervorstechende Narbe. Die blieb ihm, da konnte er machen, was er wollte. Erika hingegen war weg. Es war zum Heulen.

»Schläfst du noch?«, fragte Leonhardt und stellte ihm den unvermeidlichen Kaffeepott hin.

»Ich bin heute schlecht drauf. Ignoriere es einfach«, schlug Henne mürrisch vor und riss den Umschlag auf.

Zuerst nahm er sich den Bericht über Donata vor. Das Labor hatte ihrer Kleidung ganze zwei Seiten gewidmet. Er überflog die Auflistung und stutzte. Sämtliche Kleidungsstücke trugen das Kennzeichen eines bekannten Textildiscounters. Laut Schätzung waren sie neu, höchstens vierundzwanzig Stunden getragen, eher weniger.

Jede Menge Fingerabdrücke und Hautabriebspuren, die meisten vom Opfer. Kein Sperma.

Henne nagte nachdenklich an seiner Unterlippe. Erika hatte beobachtet, wie es das Mädel auf der Straße mit einem Kerl getrieben hatte. Falsch, korrigierte er sich sogleich. Er wühlte nach dem Aussageprotokoll und suchte den Passus. Da! Es sah aus, als ob sie Sex hätten. Das waren Erikas Worte gewesen. Kein Deut mehr. War wohl nichts. Aber warum in Teufels Namen gab sich ein Paar einen solchen Anschein?

Er fragte Leonhardt.

»Vielleicht sollte jemand genau das glauben«, mutmaßte der.

»Wäre eine Möglichkeit.«

»Das setzt voraus, jemand hat sie beobachtet.«

»Pascha?«

»Wer sonst? Wir sollten ihn damit konfrontieren.«

»Riecht mir zu sehr nach passend gemachter Theorie.«

»Na und?«

»Davon wird sie noch lange nicht wahr«, antwortete Henne ohne einen Funken Humor.

»Sonstige Erkenntnisse aus dem Labor?«

»Schnapp dir ein Foto von Donata und frag bei diesem Textilhändler nach. Vielleicht erinnert sich eine Verkäuferin an sie. Topplers Bild kannst du ebenfalls mitnehmen. Rein vorsorglich.«

Leonhardt zog ab, und Henne vertiefte sich erneut in den Laborbericht. Viel mehr gab er nicht her, er legte ihn bald zur Seite und griff nach den Unterlagen zu Topplers Habseligkeiten.

Die Kollegen hatten gute Arbeit geleistet. Obwohl vieles bis zur Unkenntlichkeit verbrannt war, war es ihnen gelungen, Fragmente eines Notizheftes zu retten. Eine Art Tagebuch. Henne pfiff anerkennend durch die Zähne.

Leonhardt zwängte sich durch mit Klamotten überladene Ständer und hielt nach Verkaufspersonal Ausschau. Vergebens, außer der Kassiererin war der Laden leer. Die allerdings entschädigte ihn für seinen Frust.

»Das Mädel kenne ich nicht, aber den Mann. Der war hier.«

»Wissen Sie das mit Bestimmtheit?« Kaum hatte er die Frage ausgesprochen, wünschte er, er hätte sie anders formuliert.

Die Kassiererin schienen seine Zweifel nicht zu stören. »Klar doch. Es kommt selten vor, dass ein Mann so viele Kleidungsstücke für Damen kauft. Jacke, Hose, Unterwäsche, Schuhe. Das gesamte Programm.«

Leonhardt legte ihr Fotos der Sachen vor, die Donata getragen hatte, als sie ermordet wurde.

»Das sind sie«, bestätigte die Kassiererin und bekam vor Schreck kugelrunde Augen, als ihr Blick auf ein Bild der blutdurchtränkten Jeansjacke fiel. »Mein Gott, ich habe von dem Fall gelesen.«

»Traurige Sache.«

»Haben Sie den Mörder gefasst?«

»Das ist nur noch eine Frage von Tagen«, gab sich Leonhardt sicherer, als er war. »Dank Ihrer Hilfe haben wir jetzt einen Zusammenhang gefunden.«

»Da denkt man, solche Verbrechen gibt es nur in Amerika oder in Filmen. Dann passiert so etwas Schreckliches ausgerechnet in Leipzig.«

Leonhardt hätte einwenden können, dass Leipzig nicht besser als jede andere Stadt sei, doch er unterließ es. Man musste den Leuten den Glauben an das Gute lassen.

»Besten Dank für Ihre Aussage«, verabschiedete er sich.

»Gern geschehen. Haben Sie schon unser Sonderangebot entdeckt? Halterlose Strümpfe, zwei Euro das Paar. Wenn Sie eine Frau oder Freundin haben, wäre das genau das Richtige.«

»Meinen Sie?« Zweifelnd musterte Leonhardt die Packungen, die die Kassiererin in Windeseile vor ihm ausbreitete. Manuela hatte bislang kein Interesse für Reizwäsche oder Spitzenstrümpfe gezeigt. Seit die Drillinge auf der Welt waren, passierte im Leonhardtschen Schlafzimmer überhaupt wenig. Kurz entschlossen ließ er sich zwei Paar einpacken.

»Glaub bloß nicht, ich hätte mich derweil amüsiert«, empfing ihn Henne, als er sich zurück im Büro durchgeschwitzt auf seinen Drehstuhl fallen ließ.

»Wenigstens ist es hier kühler. Draußen ist es kaum auszuhalten. Die Stadt kocht.«

»Es soll bald Regen geben.«

»Endlich mal eine frohe Botschaft.«

»Was hast du herausgefunden?«

Leonhardt berichtete. Das Resultat war eindeutig. Toppler hatte Donata gekannt. Nachdenklich betrachtete Henne die Unfallbilder. Topplers Pkw war beinah völlig zerstört. Laut Bericht musste er mit annähernd sechzig Stundenkilometern von der Straße abgekommen und mit dem rechten Kotflügel an einen Baum geknallt sein. Eine Geschwindigkeit, bei der er hätte überleben können. Verletzungen bis hin zur Betäubung waren allerdings nicht ausgeschlossen. Der Airbag half da wenig.

Der linke Kotflügel war unbeschädigt, dafür wies die Rückseite unübersehbare Verbeulungen auf.

Hatte Kranz doch die Wahrheit gesagt? War Toppler durch ein anderes Fahrzeug bedrängt worden?

Das Feuer hatte mögliche Lackspuren vernichtet. Der angrenzende Waldboden zeigte nur zwei Reifenprofile: das von Topplers Auto und das eines Forstfahrzeuges. Der Förster war am fraglichen Tag in einem anderen Gebiet gewesen. Er kam als Täter nicht in Frage.

Die Kriminaltechniker hatten festgestellt, der Brand war weder von einem defekten Kabel noch von überhitzten Fahrzeugteilen ausgegangen. Fremdeinwirkung war somit durchaus wahrscheinlich.

Zu dumm, dass Kranz vergessen hatte, sich Marke oder Autonummer des Fremdfahrzeuges zu merken. Eine Personenbeschreibung konnte man ebenfalls vergessen. Der alte Kranz war viel zu sehr mit sich selbst beschäftigt gewesen. Im Grunde war es fraglich, ob er wirklich so viel gesehen hatte, wie er glauben machen wollte.

Henne griff zu den Rekonstruktionen des Tagebuches. Es waren nur wenige Textpassagen und selbst die lückenhaft. Immerhin untermauerten sie, dass Toppler Donata gekannt hatte. »Ich muss ihr helfen«, hatte er geschrieben. »Das Palma … kein Ort für sie.« Es folgten einzelne Wortfetzen: »Unrecht … Anzeige … an … Mark … Tele …«

Natürlich! Henne hätte sich ohrfeigen können, dass er nicht gleich darauf gekommen war. Das Telefon. Toppler hatte bestimmt wie jeder heutzutage ein Handy bei sich gehabt.

Er überflog die Liste. Tatsächlich, er hatte sich nicht getäuscht. Das Handy hatte sich zum Zeitpunkt des Unfalls im Kofferraum befunden. Ein Glücksumstand, dass es nicht völlig zerschmolzen war. Das Labor hatte den zuletzt eingegangenen Anruf feststellen können. Eine Mobilnetznummer.

Ein Wummern an der Tür ließ Henne seine Lektüre unterbrechen. Er öffnete. Uta Trettau balancierte ein Tablett mit drei Portionen Eisbein und Kaffee an ihm vorbei.

»Mahlzeit«, strahlte sie.

»Wenn das mal keine gute Idee ist!«

»Lassen Sie es sich schmecken, Herr Hen... äh ... Heine.«

Das gutbürgerliche Essen versöhnte Henne. Er knurrte: »Meinetwegen können Sie Henne zu mir sagen.«

»Prima!«

»Aber nur, wenn wir unter uns sind, verstanden?«

»Alles klar.«

Leonhardt bekam vor Staunen den Mund nicht zu. »Ich werd verrückt«, feixte er.

»Quatsch nicht so viel, sondern hau rein!«

Eine Weile war jeder mit seinem Teller beschäftigt. Ab und zu warf Henne einen Blick zu Uta hinüber. Es gefiel ihm, wie sie aß. Man sah, es schmeckte ihr.

Als er fertig war, legte er sein Besteck zur Seite und sagte: »Frau Trettau, stellen Sie doch mal den Inhaber folgender Telefonnummer fest.« Er las die Nummer ab.

»Eine Spur?«

»Ganz heiß.«

»Ich beeile mich.« Sie stellte die Teller zusammen und stob davon.

»Meine Güte, wer hätte gedacht, dass wir auf unsere alten Tage solches Glück haben.«

»Was meinst du?« Henne öffnete das Fenster, um den Essensgeruch gegen eine Ladung heiße Luft auszutauschen.

»Uta Trettau. Wie die sich um unser Wohl kümmert, ist einfach klasse.«

»Zugegeben.«

»Aber?«

»Zu zweit sind wir auch nicht übel.«

Dem hatte Leonhardt nichts hinzuzufügen.

FÜNFZEHN

Revierleiter Mayer hatte gehörige Wut im Bauch. Es klappte rein gar nichts. »Bist du zu allem zu blöd?« Er tigerte vor Grimmer auf und ab.

»Was kann ich dafür, dass sich die Hinterkurt plötzlich die Villa selbst auf den Tisch gezogen hat. Ein Bürgermeisterobjekt, ganz oben angesiedelt. Du weißt doch, wie sehr die Stadt an Kinderprojekten hängt.«

»Du hättest ihr den Standort als Freizeittreff ausreden müssen.«

»Glaubst du, ich hätte nicht alles versucht?«, verteidigte sich Grimmer weinerlich.

»Offensichtlich war es zu wenig.«

»Setz dich, du machst mich nervös.«

»Verstehst du noch immer nicht?« Der Revierchef stemmte die Hände auf den Tisch und beugte sich zu seinem Schwiegervater hinab. »Gunsler hat uns in der Hand. Ohne Haus kein Frischfleisch. Der kann das ganze Geschäft ruinieren.«

»Deins, ich bin sauber«, wehrte Grimmer ab.

»Dass ich nicht lache! Du vergisst die Fotos.«

Grimmer erschrak. »Du weißt davon?«

»Ich selbst habe sie dem Oberstaatsanwalt zugespielt.«

Der war mit Kuckbein befreundet und musste ihm die Fotos überlassen haben. Grimmer dachte an dessen gehässiges Grinsen, als ihm Kuckbein die kompromittierenden Fotos unter die Nase gehalten hatte.

»Warum, um Himmels willen?« Fassungslos starrte er seinen Schwiegersohn an.

Mayer nahm seinen Rundgang wieder auf. »Ein Test. Ich wollte wissen, wie du reagierst. Ein mutiger Mann in deiner Position hätte unser Netz gut ergänzt.«

»Wovon sprichst du? Welches Netz?«

»Spiel nicht die Unschuld!« Angewidert wandte sich Mayer

ab. »Ist doch klar, dass einer alleine unmöglich ein solches Geschäft aufziehen kann.«

»Aber wer?«

»Pascha, Gunsler, ich und der Boss.«

»Ich dachte, du bist …«

»Der Kopf von allem? Dazu bin ich ein zu kleines Licht.«

»Wer ist es dann?«

»Tut mir leid, das kann ich dir nicht verraten«, sagte Mayer eisig. »Du hattest eine Chance, im ganz großen Geschäft mitzumischen. Du hast sie vertan.«

»Wenigstens kann ich mir noch in die Augen sehen«, begehrte Grimmer auf.

»Wirklich? Frag mal deine Tochter, was die von deinen Besuchen bei Pascha hält.«

Betroffen senkte Grimmer den Blick.

Mayer rieb sich innerlich die Hände. Wenn alles klappte, konnte er Victor, dem langmähnigen Prügelknaben, gute Neuigkeiten berichten. Besser noch, er überbrachte sie dem Boss persönlich. Es war an der Zeit, seine Nähe zu suchen und dabei gleichzeitig Informationen zu sammeln. Dieser Mädchenmord zeigte deutlich, irgendwann riss das Netz. Er würde sich nicht mit in die Tiefe ziehen lassen. Der Boss musste mit ihm rechnen.

Der Himmel war stahlgrau. Bedrohliche, dunkle Wolken jagten über die Dächer der Stadt hinweg. Zeitungen hatten das Unwetter angekündigt, weitere sollten folgen.

»Mistwetter«, schimpfte Henne.

»Das Ozonloch lässt grüßen.«

»Hör auf mit dem Quatsch. Das geht mir gehörig auf den Geist.«

»Da müsstest du Manuela hören! Seit die Drillinge da sind, hat sie ihre Liebe zur Natur einschließlich der Verpflichtung zu ihrer Erhaltung entdeckt.«

»Frauen!« Henne hätte Erika sogar die Beteiligung an illegalen Weltrettungsaktionen verziehen. Hauptsache, sie kam endlich zu ihm zurück. Seit zwei Tagen war sie nun schon verschwunden. Untergetaucht bei Freundin Ulrike, das zumindest hatte sie ihn wissen lassen.

»Nanu?«, wunderte sich Uta. »Schlecht geschlafen?«

Wenn du wüsstest, dachte Henne und machte eine nichtssagende Handbewegung.

»Oder gestern zu tief ins Glas geschaut? Keine Bange, ich verstehe das. Ab und zu wollt ihr Männer mit euren Stammesbrüdern ums Lagerfeuer springen. Es sei euch gegönnt.«

»Entzückende Ansichten«, grummelte Henne.

»Will jemand Kaffee?« Henne und auch Leonhardt wollten und atmeten auf, als Uta ging, um Wasser zu holen.

»Das eine steht fest«, stellte Henne klar. »Nach dem Kaffee bin ich weg.«

»Termine?«

»Lulu will mich sprechen.« Auf Leonhardts verständnislosen Blick hin setzte er hinzu: »Kienmanns Tochter. Sie soll erfahren, was mit ihrem Freund passiert ist.«

»Sollte nicht besser Kienmann selbst …«

»Wäre mir auch lieber, aber er hat mich darum gebeten.«

Um nichts in der Welt hätte Leonhardt mit seinem Kommissar getauscht.

Henne wollte Lulu im Café in der Beethovenstraße treffen. Den Ort hatte sie vorgeschlagen, er hatte zugestimmt. Ein wenig mulmig war ihm schon zumute. Noch hatte er keinen Plan, wie er ihr die bittere Wahrheit beibringen sollte.

Er war zu zeitig, Lulu war noch nicht da. Er schob sich auf einen Barhocker am Tresen und studierte die Karte. Von deftiger Küche keine Spur, dafür jede Menge exotischer Speisen, von denen er weder wissen wollte, wie sie schmeckten, noch, was sie enthielten. Verdrossen steckte er die Karte in den Ständer zurück und bestellte ein Bier.

Er hatte Lulu gar nicht kommen sehen. Wie aus dem Boden gestampft stand sie plötzlich neben ihm.

»Setz dich, Kleines«, sagte er und rückte ihr den Hocker zurecht.

»Schieß los, Onkel Heinrich. Ich will alles wissen.«

»Hat dir dein Vater schon irgendetwas angedeutet?«

Lulu nickte. Tränen standen in ihren Augen. »Torsten hatte einen Unfall.« Trotzig wischte sie die Tränen ab. »Ich verstehe bloß nicht, was er in Rostock wollte.«

»Rat bei seinem alten Professor.«

»Weshalb denn?«

Henne seufzte. »Das ist eine lange Geschichte.« Er erzählte ihr, was sie herausgefunden hatten. Er beschönigte nichts.

»Ich kann es noch immer kaum glauben, dass Torsten in ein Bordell gegangen ist.«

»Vielleicht aus Edelmut«, nahm Henne den Jungen in Schutz.

»Das sähe ihm ähnlich. Immer hat er sich für andere engagiert. Ein Weltverbesserer.«

»Fast ist es ihm auch gelungen. Immerhin hat er Donata herausgeschleust.«

»Dieser sogenannte Unfall …«, grübelte Lulu.

Henne war auf einmal hellhörig. »Wieso sagst du das?«

»Ich glaube nicht daran. Überleg doch! Er holt ein Mädchen aus der Szene, das arme Ding wird erdolcht. Kurz darauf ist auch er tot.« Lulu schüttelte energisch den Kopf. »Das passt den Verbrechern zu gut in den Kram.«

»Du hast recht«, gab Henne zu. »Auch wir gehen davon aus, dass Torstens Unfall inszeniert wurde.«

»Habt ihr den Täter?«

»Nein, leider nicht.«

»Aber Hinweise oder einen Verdacht – das wenigstens?«

»Sicher. Es gibt eine Telefonnummer.«

»Wer?«

»Das wissen wir noch nicht. Jedenfalls war der- oder diejenige Torstens letzter Gesprächspartner.«

»So ein Anschluss muss doch feststellbar sein«, empörte sich Lulu. »Wir leben schließlich im Zeitalter der Technik.«

»Und des Datenschutzes.«

Lulu kam eine Idee. »Was hältst du davon, wenn ich bei dem Typen anrufe und sage, dass mich Torsten vor seinem Tod in alles eingeweiht hat?«

»Du hast zu viel Phantasie.«

»Nein, warte! Torstens Mörder würde sich mit mir treffen wollen, ganz sicher. Schließlich bin ich eine Gefahr für ihn. Du folgst mir einfach und nimmst ihn fest.«

»Dein Vater bringt mich um!«

»Hast du eine bessere Idee?«

»Wie wäre es mit altbewährter Polizeiarbeit? Fakten sammeln, Rückschlüsse ziehen, Zeugen auftun.«

»Das dauert Jahre.«

»Jetzt übertreibst du aber.«

»Meinetwegen«, räumte Lulu ein. »Aber wenn wir dem Mörder eine Falle stellen, geht es viel schneller.«

»Es handelt es sich um einen Tatverdächtigen, denn noch steht es keineswegs fest, dass er wirklich der Mörder ist. Kann sein, alles löst sich in Wohlgefallen auf.«

»Umso besser. Dann besteht keine Gefahr, aber jede Menge Hoffnung, ein Stück weiterzukommen.«

»Dein Vater würde mir nie verzeihen. Er ist mein Freund, schon vergessen?«

»Und was bin ich?«, versetzte Lulu schmollend.

»Das ist tödlicher Ernst, kein Spiel.«

»Torsten muss gerächt werden.«

»Dafür sind wir da. Die Polizei, nicht du.«

»Bitte, Onkel Heinrich, wie lange wollt ihr denn noch im Nebel stochern? Wenn wir es so machen, hast du den Kerl ganz schnell.«

»Es ist zu gefährlich.«

»Seit wann kümmert dich das?« Lulu lächelte. »Gefahr ist dein Geschäft«, spielte sie auf einen alten Witz zwischen ihnen an.

»Das ist etwas ganz anderes.«

»Weil es um mich geht?«

Henne nickte. Er wollte einwenden, dass er niemals zulassen könne, dass sie freiwillig einen möglichen Killer herausfordern wollte. Dass sie ihm auf keinen Fall begegnen dürfe, dass er sie wie ein eigenes Kind vor Unbill schützen müsse, aber Lulu ließ ihn nicht zu Wort kommen.

»Ich bin alt genug, um eine solche Entscheidung zu treffen. Ich weiß, worauf ich mich einlasse. Du kannst es auf keinen Fall verhindern. Wenn du ablehnst, mache ich es auf eigene Faust. Und die Telefonnummer kriege ich auch ohne dich heraus.«

Henne wusste, wie stur Lulu sein konnte.

»Also gut«, lenkte er ein und verbannte sein schlechtes Gewissen in die hinterste Ecke.

Die nächste Stunde verbrachten sie damit, einen bombensicheren Plan auszutüfteln. Am kommenden Tag schon sollte er starten. Bis dahin hoffte Henne, alle Vorbereitungen getroffen zu haben.

Leonhardt wiegte bedenklich den Kopf, als er davon erfuhr. »Willst du das Risiko wirklich eingehen?«

»Was bleibt mir übrig? Lulu zieht es so oder so durch. Wenn ich dabei bin, geht wenigstens nichts schief.«

»Mensch, wenn Schuster davon Wind kriegt.«

»Kriegt er nicht, dafür sorge ich.« Henne wusste bloß noch nicht, wie er das bewerkstelligen wollte. Uta war im Weg, eine Schwachstelle, genau genommen die einzige. Außer Hagen wollte er niemanden einweihen. Schwierig, wenn Schusters Nichte ständig um ihn herum scharwenzelte.

»Kein Wort zur Trettau«, schärfte er Leonhardt ein.

Uta hatte währenddessen die bekannten Hütekunden abgeklappert.

»Patente Leute, allesamt«, fasste sie zusammen. »Ich habe jeden gefragt, was sie gemacht haben, als Donata ermordet wurde. Ebenso, wo sie zum Zeitpunkt des ominösen Brückengespräches gewesen sind. Jeder hat ein Alibi.«

»Das ist das Erste, was Verbrecher aus dem Ärmel ziehen. Die Unschuldigen haben meist keins parat«, entgegnete Henne schärfer als beabsichtigt.

»Nehmen Sie es nicht tragisch. Er hat Hunger«, erklärte Leonhardt leichthin.

»Stimmt, mein Freund. Deswegen schieben wir uns jetzt eine richtig fette Bratwurst hinter die Kiemen.«

Ehe Uta protestieren konnte, blieb sie allein zurück.

In der Halle bemühte sich Henne, nicht zu Gitta zu schauen, deren blauer Zopf im Rhythmus ihrer Kopfbewegungen auf und nieder wippte.

»Möchte wissen, wer einem solche Teile verkauft«, sagte er mit deutlichem Grauen vor dem guten Stück.

Leonhardt grinste wortlos.

Sie gingen zu Fuß Richtung Innenstadt, querten den Ring und hielten sich rechts. Ihr Weg führte sie die Schillerstraße entlang. Vor der Hausnummer fünf blieb Henne kurz stehen und sah sich um.

Elf Tage nach dem Mord war hier alles beim Alten. Der Regen hatte die auf den Boden gezeichneten Umrisse des Opfers längst hinweggespült, ebenso das Blut und die Ausscheidungen. Die gutbürgerliche Fassade strahlte Ruhe und Gediegenheit aus, als hätte es kein Verbrechen gegeben.

Ein Mann trat aus der Tür.

»Nanu, Herr Petter, wie geht es Ihnen?«

»Gut, gut.« Petters Adamsapfel hüpfte den gewohnten Tanz.

Henne musterte ihn skeptisch. »Alles verkraftet?«

»Keine Sorge, ich bin bei Naumann in Behandlung.«

»Eine kluge Entscheidung.«

»Der Herr Doktor hat sich ja förmlich aufgedrängt«, maulte Petter anklagend. »Ihr Werk!«

»Hauptsache, es hilft.«

»Haben Sie den Mörder gefasst?«

»Wir sind ihm auf der Spur.«

»Weidmannsheil, ich habe es eilig.« Petter trippelte die Straße hinab.

»Komischer Kauz«, meinte Leonhardt.

»Künstler.«

Leonhardt nickte verstehend.

Auf dem Naschmarkt steuerte Henne zielsicher seinen Lieblingsstand an. Nur hier bekam er die Bratwurst, wie er sie mochte. Echte Thüringer mit knusprig braun gegrillter Pelle und einem gehörigen Strich Bautzner Senf darauf, mittelscharf.

»Dafür lass ich jeden Haute-Cuisine-Schnickschnack stehen«, murmelte er mit vollem Mund.

»Wenn das Erika wüsste! Das Fett ist ihr bestimmt zuwider.«

»Erika!« Hennes Stirn umwölkte sich.

»Du hast doch was! Raus damit, berichte!«

Henne zögerte, dann stieß er hervor: »Sie hat mich sitzen lassen.«

»Schon wieder?«

»Hm.« Henne schob den letzten Wurstzipfel in den Mund.

»Meine Güte, wie hältst du das bloß aus!«

»Es ist meine Schuld. Ich bin ein Ekel.«

»Lass die alte Leier stecken, bei mir kannst du damit keinen Eindruck schinden«, schimpfte Leonhardt ungehalten. »Außerdem habe ich dir schon tausendmal gesagt, du bist ein toller Mann. Ein Kumpel, auf den man sich verlassen kann, kein Ekelpaket.«

»Erika sieht das anders.«

»Wenn sie das nicht begreift, hat sie eben Pech. Pfeif auf sie und such dir eine nette, anpassungsfähige Frau.«

Niemals, dachte Henne. Er wollte kein Heimchen am Herd, er wollte Erika zurück. Wenn sie sich doch endlich melden würde!

Zur selben Zeit saß Dorit Dingel auf ihrem Platz im Sekretariat des Ausländeramtes. Sie hatte sich schnell wieder an den Tagestrott gewöhnt. Seit einem Tag war sie aus dem Urlaub zurück. Zwei ganze Wochen eher als geplant, die Reise war ins Wasser gefallen. Vorerst zumindest, denn nachholen würde sie sie. Später, wenn ihr Mann wieder gesund war. Er hatte sich den Arm gebrochen, ausgerechnet kurz vor dem Abflug. Ein letzter Gang zur Toilette, da war es passiert. Doch sie wollte nicht hadern. Besser hier als in Bolivien. Nicht auszudenken, wie er dort behandelt worden wäre, wenn überhaupt.

Kopfschüttelnd ordnete sie die Post, die sich auf dem Tisch türmte. Dem Ausländeramt wurde vieles geschrieben, Wichtiges und Belanglosigkeiten, Bitten, Anträge, Beschwerden, auch Drohungen. Die ganze Bandbreite.

Dorit legte das, was Harald von Gunsler zur Sichtung bekam, auf einen gesonderten Stapel. Es war nicht viel, drei Entscheidungsvorlagen aus anderen Ämtern, bei denen er um Mitzeichnung gebeten wurde, und eine Klageschrift. Die würde ohnehin im Rechtsamt landen, später.

Der Papierberg schrumpfte zu einem kleinen Häufchen, schließlich lagen nur noch zwei Blätter auf dem Tisch. Plötzlich stutzte sie. Unter dem letzten Blatt kam ein Bild zum Vorschein, die Fotografie eines Mädchenkopfes, auf sonderbare Art starr und kalt. Sie erkannte die Kleine trotzdem sogleich. Das Mädel war vor einem guten Dreivierteljahr direkt aus dem Büro des Chefs abgeführt worden. Eine illegal Eingereiste, hatte Gunsler erklärt.

So etwas geschah oft. Doch wo kam das Foto auf einmal her?

Sie wendete es und entzifferte den Stempel auf der Rückseite. Polizeidirektion Leipzig, darunter Adresse und Telefonnummer.

Bei Gelegenheit musste sie den Chef fragen, was es damit auf sich hatte. Erst galt es, die Post der letzten Woche auf den Weg zu bringen. Sie schob das Bild beiseite. Der Chef musste jeden Moment die Tür aufreißen. Sie kannte seinen Schritt und hatte ihn kommen hören.

Gunsler hatte mit Grimmer gespeist. Noch immer war er übel gelaunt. Der Dicke hatte es tatsächlich geschafft, sich die Villa abluchsen zu lassen. Irma würde meckern. Sie verstand nicht die Bohne von dem, was eine Verwaltung bestimmte. Es gab Regeln, die zwar nirgends festgeschrieben waren, aber nichtsdestotrotz Beachtung fanden. Eine davon war: Halte dich zurück, wenn dein Vorgesetzter die Hand auf etwas legt.

Die Hinterkurt hatte Grimmer die Villa entzogen, klar hatte Grimmer gekuscht. Er hätte ebenso gehandelt, aber er hätte es nicht erst zu einer solchen Situation kommen lassen.

Das hatte er Grimmer auf den Kopf zugesagt. Weiß der Geier, was den geritten hatte, aber der Liegenschaftsleiter war aufgesprungen und hatte ihn mit Vorwürfen zugepflastert.

Gunsler war fassungslos gewesen. So hatte er den gemütlichen Dicken noch nie erlebt. Erst als er von Mädchenlieferungen sprach, hatte er aufgehorcht. Da war Grimmer längst wieder auf seinen Stuhl gesunken.

Mädchenhandel und er! Wie kam Grimmer nur auf solchen Blödsinn!

Bestimmt hatte Mayer geschwatzt. Dem traute er alles zu.

Je länger Gunsler darüber nachdachte, umso fragwürdiger kam ihm der Revierleiter vor.

Als er an Dorit vorbei in sein Büro wollte, erblickte er das Foto und bekam einen Schreck. Zu blöd, dass er das dämliche Ding vergessen hatte.

Jetzt war guter Rat teuer, Dorit Dingel würde ihn mit Fragen durchlöchern.

Zum Glück war die gute Dorit noch mit den E-Mails beschäftigt. Bestimmt bis zum Feierabend, aber so lange wollte er nicht warten.

Er eilte in sein Büro und kam mit einer Unterschriftenmappe sowie einigen wahllos zusammengesuchten Schreiben unter dem Arm zurück.

»Die sollten Sie nochmals prüfen«, sagte er zu Dorit und legte sie auf den Tisch, genau auf die Fotografie.

»Momentchen noch.« Er tat, als sei ihm etwas eingefallen, und wühlte in den Papieren herum. »Die hier sind nicht für Sie«, er zog mehrere Blätter aus dem Wust heraus.

Er fühlte das Bild unter ihnen und atmete auf. Zurück in seinem Zimmer holte er Aschenbecher und Feuerzeug aus seinem Schreibtischfach. Er stellte sich an das offene Fenster und hielt die Flamme an das Bild. Fasziniert sah er zu, wie sie nach dem Papier leckte, an Kraft gewann und sich ausbreitete. Donata verschrumpelte zu einem verzerrten Ebenbild, bis sie nicht mehr zu erkennen war. Er öffnete die Fingerkuppen und ließ los. Die letzten Rußflocken tanzten gen Erde. Er sah ihnen nach, bis er sie nicht länger ausmachen konnte.

Erleichtert wandte er sich ab und wischte sich die Hände an seinem Taschentuch sauber. Nun gab es nichts mehr, das die Kriminalpolizei auf den Gedanken bringen könnte, er hätte etwas mit Mayers Geschäften zu tun.

Grimmer war gleich nach dem Mittagstisch nach Hause gegangen. Er hatte Übelkeit vorgeschützt und damit sogar die Wahrheit gesagt. Ihm war tatsächlich schlecht. Gunsler hatte zu aufrichtig gewirkt, als dass er in Mayers krumme Dinge verwickelt sein konnte.

Annette fiel ihm ein. Das arme Ding! Wie sollte es jetzt weitergehen? Sein ehrenwerter Schwiegersohn stand mit einem Bein im Knast, es war nur eine Frage der Zeit, bis ihn die Kripo schnappte.

Er nahm ein Glas aus dem Schrank, füllte es mit Milch und schaufelte reichlich Kakaopulver hinzu. Er musste nachdenken. Schokolade war gut, sie half ihm dabei. Genüsslich schlürfte er den ersten Schluck. Der Kakao legte sich wie ein Bart um seinen Mund, es störte ihn nicht. Er schmeckte den zarten Schmelz und löffelte noch mehr Kakao in das Glas.

Annette! Er war kein Tugendbold, aber noch immer ihr Vater. Sie hatte ein Recht zu erfahren, mit wem sie verheiratet war. Von wem sonst, wenn nicht von ihm?

Je schneller sie sich von ihrem Mann trennte, umso besser.

Allerdings gab es einen Haken. Jürgen würde wissen wollen, worauf ihr Sinneswandel beruhte, und dann würde er ihr verraten, womit sich ihr Vater die langen Abende vertrieb.

Es gab nur eine Möglichkeit, das zu verhindern. Er musste es ihr selber beichten.

Er stellte sich Annette vor. Ihr Lächeln, der Mutter wie aus dem Gesicht geschnitten, das sich in Ekel und Abscheu verwandelte.

Entsetzt schlug er die Hände vors Gesicht. Nein, er brachte es nicht übers Herz. Er liebte seine Tochter mehr als alles auf der Welt. Sie war das Einzige, was ihm von seiner Frau geblieben war. Sollte er ihr gestehen, dass er nur deshalb in Paschas Bordell ging, weil ihm zu Hause die Decke auf den Kopf fiel? Dass er die Mädchen nur deshalb liebkoste, weil ihn die zarte Haut an ihre Mutter erinnerte?

Sie würde es kaum verstehen.

Ein trockenes Schluchzen entrang sich seiner Brust. Mit zittrigen Händen schob er den Löffel in die Kakaobüchse. Die Hälfte fiel daneben, verteilte sich auf Hemd und Hose wie bei einem einjährigen Kind. Er schaufelte, als hätte er tagelang nichts gegessen. Löffel um Löffel verschwand in seinem Mund.

Irgendwann, viel später, hatte er das Gefühl zu platzen. Er schleppte sich durch die Wohnung zu seinem Bett. So wie er war, in Hemd und Hose und mit schokoladenverschmiertem Gesicht, ließ er sich in die Kissen fallen.

Als er erwachte, war es dunkel. Er schaute auf die Uhr. Zehn nach acht, in fünf Minuten begann das Abendprogramm. Annette schaute sich gern die Serien an, bestimmt war sie zu Hause. Er fasste einen Entschluss und rappelte sich auf.

SECHZEHN

Der Morgen begann hell und freundlich. Von den angekündigten Unwettern war weit und breit nichts zu sehen. Die Sonne lachte unter wolkenlosem Himmel, Vögel zwitscherten um die Wette, und sogar ein Eichhörnchen lief Henne über den Weg, als er von der Straßenbahnhaltestelle aus in die Polizeidirektion marschierte. Wenn das kein Omen ist! Ein solcher Tag kann nur gut ausgehen, redete er sich ein.

Gitta musste ähnlich gedacht haben. Erstaunlicherweise schonte sie seine Nerven, denn sie hatte ihr Naturhaar mal nicht unter einer Perücke versteckt.

»Schönes Braun«, lobte Henne beim Durchqueren der Eingangshalle. Gitta strahlte wie ein Pfannkuchen.

Die Kaffeemaschine röchelte ihr altes Lied, als Henne das Büro betrat. Leonhardt kippte den Filter in den Abfall und füllte drei Tassen.

»Kurze Abstimmung«, gab Henne bekannt. Uta und Leonhardt sammelten sich um seinen Tisch.

»Sie haben heute einiges vor«, nickte er Uta zu. »Ich möchte, dass Sie noch einmal nach dem langhaarigen Bodybuilder fahnden.«

Uta schaute unglücklich, doch Henne beachtete sie nicht. »Du, Hagen«, fuhr er fort, »hältst hier die Stellung. Ich brauche dich am Telefon.«

»Kann ich nicht mitkommen?«

Henne wartete, bis Uta abgezogen war. »Versteh doch, ich hätte dich liebend gern dabei, zur Sicherheit. Ich weiß, ich kann auf dich bauen. Aber hier bist du wichtiger. Stell dir vor, der Alte kommt überraschend her und trifft keinen an. Was meinst du, was er tut?«

»Dich anklingeln vermutlich.«

»Genau das kann ich nicht brauchen, wenn ich Lulu unsichtbar folgen will.«

»Wann geht es los?«

»Sie hat gestern die Nummer des Unbekannten angerufen. Ich hab das Gespräch aufgezeichnet.«

Henne spulte es ab. Zuerst ein Rauschen, der Nummerninhaber ließ sich Zeit, dann plötzlich eine rauchige Stimme. »Ja?«

Lulu stellte sich als die von Torsten eingeweihte Freundin vor.

Das Interesse war spürbar. »Was schlagen Sie vor?«

»Ein Treffen, Punkt zwölf vor dem Anton Hannes.« Hier wackelte Lulus Stimme ein wenig.

»In Ordnung.« Das Gespräch wurde unterbrochen.

»Um zwölf, das ist in zwei Stunden«, stellte Leonhardt fest.

»Es ist knapp«, gab Henne zu. »Ich muss zuvor den neuen Wagen holen.«

»Du könntest eine Dienstkarre nehmen.«

»Das wirft bloß Fragen auf.« Henne hasste es, ein Fahrtenbuch zu führen. Der Fuhrparkleiter bestand jedoch peinlich genau auf der Einhaltung der Vorschriften.

»Soll ich dich in die Werkstatt fahren?«

»Mit der Bahn bin ich schneller.«

Leonhardt verkniff sich die Frage, wann er Henne zurückerwarten solle. Wer weiß, was sich ergab. Eine Falle war zeitlich schwer zu planen.

Um halb zwölf parkte Henne seinen neuen Mercedes in der Nähe des Cafés. Nah genug, um den Eingang im Auge zu haben, weit genug, um nicht gesehen zu werden.

Er hatte Lulu mit einem Sender verkabelt. Ein winziger Knopf, kaum sichtbar an ihrer Jacke. So war er jederzeit mit ihr in Kontakt. Das beruhigte ihn ein wenig, auch wenn sein Herz bis zum Hals klopfte. Er war weniger denn je mit dem Plan einverstanden, doch jetzt war es zu spät. Er konnte nur hoffen, alles richtig zu machen, damit Lulu nichts geschah.

Sie kam auf ihrem uralten dunkelgrünen Fahrrad angeradelt. Henne hatte es ihr zum vierzehnten Geburtstag geschenkt. Der Druck in seinem Magen wurde größer, als er sie wieder als Teenager vor sich sah.

Wenn sie aufgeregt war, merkte man ihr es nicht an. Sie sah sich nicht um, als sie abstieg und das Vehikel an einen Laternenpfahl schloss. Sie verstaute den Schlüssel in der Jackentasche und löste ihren Pferdeschwanz.

Der Sender rauschte, als die langen Haare darauf fielen. Verdammt, warum hatte er ihr nicht gesagt, dass sie ihn frei lassen musste. Henne hätte sich ohrfeigen können. Er rutschte tiefer in den Sitz und flüsterte in das Mikrofon. Gleich darauf hätte er es beinah fallen gelassen.

Ein junger Mann war zu Lulu getreten. Sie schien ihn zu kennen. Er war groß, hatte schmale Hüften und ein Kreuz wie ein Schrank. Henne registrierte die Bikerjacke, dann den dunklen Männerzopf. Eindeutig der Kerl, nach dem sie suchten. Er riss die Autotür auf und sprintete los.

Der Fremde hatte Lulu am Arm gefasst und sie zu einem dunkelblauen Fahrzeug geleitet. Henne hörte den Motor aufheulen, dann schoss das Auto samt Lulu davon. Er stand wie vom Donner gerührt. Dann besann er sich, stürzte zu seinem Wagen zurück und nahm die Verfolgung auf.

Er kümmerte sich weder um Vorfahrtsregeln noch um Verkehrsschilder, er hatte nur einen Gedanken: Ich muss sie finden.

Sein Herz machte einen Freudensprung, als er den Wagen am Eingang des Stadtparks entdeckte. Doch er hatte sich zu früh gefreut, Lulus Jacke lag auf dem Beifahrersitz. Die Verbindung zwischen ihnen war gekappt. Suchend blickte er sich um.

Der Park war nur mäßig bevölkert. Vermutlich saß die halbe Stadt beim Mittagessen. Er sah Muttis, die Kinderwagen schoben, Hundehalter und einige Jogger. Von Lulu und ihrem Entführer keine Spur.

»Haben Sie ein Pärchen gesehen? Das Mädchen jung und hübsch, der Mann langes, dunkles Haar?«, versuchte er sein Glück bei einer Oma, die auf einer Bank saß und Spatzen fütterte.

»Sie fressen gern«, erwiderte die Alte.

Henne hetzte weiter. Er fragte zwei Frauen, vier Hundeführer, den Eismann. Die Antwort war immer gleich, bedauerndes Kopfschütteln. Nur ein circa fünfjähriger Knirps neben dem

Eiswagen zeigte auf ein Haus, vor dem eine Bierwerbung baumelte. »Da rein. Zopfmann und Model.«

Bestimmt hatte sich der Kleine zu viele Fernsehsendungen reingezogen. Henne war strikt gegen derartige Kinderaufklärung, doch jetzt war er geradezu begeistert.

»Du bekommst ein besonders großes Eis«, versprach er dem Jungen und stürzte in das Restaurant.

Drinnen war es leer, die Bedienung langweilte sich am Tresen.

»Ein Paar?« Sie hob die Schultern. »Sind auf die Toilette gegangen.«

Henne stürmte durch den Raum zum Männerklo. Er stieß die Tür auf. Fehlanzeige. Rechts daneben die Damentoilette. Mit einem Sprung war er drinnen.

Victor stand im Gang vor den Waschbecken und hatte Lulu umfangen. Sie zitterte wie Espenlaub. Das Messer lag an ihrer Kehle. Mit schreckgeweiteten Augen starrte sie Henne an.

»Hände weg von dem Mädchen, du mieser Hurensohn«, schnappte Henne mit einer Stimme aus Stahl, hart und schneidend. Bevor er den Satz zu Ende bringen konnte, stieß Victor Lulu beiseite und holte zum Wurf aus. Das Messer schnitt durch die Luft.

Henne warf sich nach vorn, das Messer streifte ihn an der Schulter. Er spürte den Schmerz, doch er blendete ihn aus. Mit der Kraft seiner hundert Kilo knallte er Victor an die Wand, presste ihm den Unterarm auf die Kehle und packte sein Handgelenk. Ein schneller Dreh, ein kurzer Schlag, ein Knacken. Der Arm brach wie dürres Holz.

Victor gurgelte eine Beleidigung.

»Halt's Maul, Abschaum«, bellte Henne, rammte ihm den Ellenbogen in die Rippen und gleich darauf die Faust ans Kinn. Sein Gegner ging zu Boden.

»Komm hoch!« Henne packte ihn am Kragen.

Victor spuckte Blut und einen Zahn, doch er war noch nicht fertig. Er kam auf die Beine und schüttelte Henne ab.

Lulu schrie entsetzt auf, Victor reagierte sofort und sprang auf sie zu. Ehe er sie erreichen konnte, warf sich Henne dazwischen und deckte ihn mit Haken ein. Früher hatte er geboxt, lange her, doch ein wenig war hängen geblieben.

Victor war ein zäher Brocken, muskulös und durchtrainiert. Henne hatte sich überschätzt. Bald ging ihm die Puste aus. Lange konnte er das kaum noch durchhalten. Nach einem verzweifelten Schlagabtausch zog er sich einige Schritte zurück, eine Finte. Er brauchte Abstand.

Auch Victor pumpte mittlerweile. Statt Henne nachzusetzen, blieb er stehen. Glück für den Kommissar, der die Pistole aus dem Halfter riss.

»Schieß doch, Bullenschwein«, keuchte Victor.

Ohne zu zögern, zog Henne durch. Der Schuss dröhnte ohrenbetäubend in dem engen Raum. Victor sackte zusammen und wälzte sich mit schmerzverzerrtem Gesicht am Boden. Ungerührt steckte Henne die Waffe zurück.

»Alles in Ordnung«, tröstete er Lulu, während er Victor Handschellen anlegte.

»Mein Bein, verdammt noch mal«, knirschte der.

»Selbst schuld.«

»Ich brauche einen Arzt.«

»Und ich ein Geständnis. Erst die Aussage, dann der Arzt, verstanden?«

Victor blitzte Henne mit zusammengekniffenen Lippen an.

»Ich habe Zeit«, sagte Henne und setzte sich auf den Boden.

Die Tür flog auf. Leonhardt stürmte herein.

»Gott sei Dank, es ist gut gegangen«, stöhnte er erleichtert, als er Henne zwar ramponiert, aber ansonsten gesund und munter neben dem gefesselten Killer sah.

»Bring Lulu nach draußen.«

»Das übernehme ich«, ließ sich Uta Trettau vernehmen, die hinter Leonhardt auftauchte. »Von Frau zu Frau redet es sich leichter. Psychische Verarbeitung, okay?«

Henne nickte. Er wollte später darüber nachdenken, welche Konsequenzen das für ihn hatte.

»Jetzt hör mir mal gut zu, Freundchen«, hob er an, kaum dass die Frauen gegangen waren. »Ich habe dich soeben geschnappt.

Entführung, Bedrohung, Körperverletzung. Das reicht für ein paar Jahre.«

Victor starrte auf einen imaginären Punkt an Henne vorbei und gab nicht zu erkennen, ob er ihn gehört hatte. Unter seinem Bein bildete sich derweil eine kleine Blutlache.

»Dazu kommt zweifacher Mord: Donata und Torsten Toppler.«

»Blödsinn.« Henne musste sich anstrengen, das Wort zu verstehen. Der ausgeschlagene Zahn ließ Victor lispeln.

»Wir haben Zeugen.«

Victors Blick heftete sich auf den Kommissar.

Henne sah den Zweifel. »Zwei Leute der Straßenkehrbrigade und ein Angler. Alle drei können dich und deinen Partner identifizieren. Du bist nicht gerade ein Durchschnittstyp, und die Anzahl Hut tragender Männer ist in Leipzig auch überschaubar.«

»Lächerlich.«

Noch gab sich Victor gelassen, doch seine Gedanken ratterten. Er erinnerte sich an das Kehrfahrzeug. Die Bullen hatten gute Beweise. Der Boss konnte ihn nicht herauspauken. Er war längst auf dem Flughafen. In weniger als einer Stunde sollte er zu ihm stoßen.

»Es gibt nur einen Weg für dich, einigermaßen aus der Scheiße zu kommen. Leg ein Geständnis ab. Das gibt Pluspunkte, auch wenn dir lebenslänglich sicher ist.«

Victor presste die Beine zusammen, um die Blutung zu stoppen. Ein kläglicher Versuch. Auf dem Boden war inzwischen eine Pfütze.

Henne drängte nicht, er wartete einfach ab. Sein Körper fühlte sich an, als hätte er einen Marathonlauf hinter sich. Jeder Knochen, jeder Muskel schmerzte, nur die Narbe, die war friedlich.

»Ich wurde benutzt«, zischelte Victor schließlich.

Leonhardt holte ein Päckchen Verbandszeug aus der Tasche und riss es auf. Gekonnt verpasste er ihm einen Druckverband. »Den Rest macht der Arzt, aber erst, wenn wir alles wissen«, bemerkte er.

»Markmann hat alles eingerührt. Der ist der Boss.«

»Der Oberstaatsanwalt? Willst du uns verarschen?« Henne beugte sich vor, um den Druckverband abzureißen.

»Sie können mir glauben. Markmann hat Pascha die Weiber verschafft. Als dieser Toppler auftrat und den wilden Mann gespielt hat, hat er befohlen, die Kleine zu erledigen.«

»Warum?«

»Sie ist getürmt und wollte alles auffliegen lassen. Markmann wollte den Jungen erst heraushalten, die Nutte sollte eine Warnung sein. Doch Toppler hat ihm weiter in die Suppe gespuckt. Hat sich bei einem Paragrafenverdreher ausgequatscht. Dummerweise ein alter Freund vom Boss. So hat es Markmann erfahren. Wer weiß, was er dem Kumpel erzählt hat, der Junge aber musste weg. Ich hab mich mit ihm verabreden müssen, irgendwo im Brandenburgischen. Dort habe ich ihn erledigt. Mich trifft keine Schuld, ich habe nur Befehle ausgeführt.«

»Mir ist zum Kotzen.« Henne spuckte auf die Fliesen. »Markmann schnappen wir uns.«

»Der ist längst weg.«

»Halt uns nicht auf mit deinem Gequatsche«, knurrte Henne.

»Wo bleibt mein Arzt?«

»Den kriegst du im Knast. Morgen oder übermorgen.«

»Bis dahin ist mein Bein Schrott«, jammerte Victor.

»Wen interessiert das.«

»Draußen warten zwanzig Kollegen«, warf Leonhardt ein. »Die ganze Soko. Wollten alle dabei sein, wenn der Kerl geschnappt wird. Sie können ihn mitnehmen, während wir uns den feinen Herrn Staatsanwalt holen.«

»Sauber, die wollen bestimmt auch ein wenig Freude mit so einem Schwein haben«, meinte Henne und grinste böse.

»Warten Sie!« Victor sah von einem zum anderen. »Wenn ich Ihnen sage, wo Markmann ist, sorgen Sie dann dafür, dass ich ohne Zwischenfälle versorgt werde?«

»Kommt darauf an, was deine Aussage wert ist.«

»Bombensicher, ich schwöre.«

»Also?«

Victor schaute auf seine Uhr. »In genau siebenundvierzig Minuten startet sein Flieger.«

»Wo?«, fragte Henne knapp.

»Altenburg. Eine Privatmaschine.«

»Okay, du hast dir den Deal verdient.«

Henne und Leonhardt überantworteten Victor den Kollegen und stürzten zu Hennes Wagen. Mit quietschenden Reifen wendete Henne und fuhr Richtung Markkleeberg.

»Nimm die B 95, in Borna dann die 176«, rief Leonhardt.

»Ich kenne den Weg.« Henne gab Gas.

»Hoffentlich schaffen wir es, es wird knapp.«

»Wie spät?«

»Sechzehn Uhr dreiunddreißig, noch vierundzwanzig Minuten.«

Der Ortseingang von Borna tauchte auf.

»Mach die Sirene an«, sagte Henne. Keine Zeit, sich mit roten Ampeln aufzuhalten.

Der Wagen ächzte, als er das Steuer herumriss und Richtung B 176 bog.

Autos wichen zur Seite, ein Škodafahrer pennte.

»Mensch, hau ab«, brüllte Henne.

In Höhe eines Gewerbegebietes staute es sich, doch die Fahrer machten rechtzeitig Platz, sodass sich die Kommissare vorbeizwängen konnten.

»Zeit?«

»Siebzehn Minuten.«

Henne drückte das Gaspedal durch.

Schilder flogen vorbei. Zwickau, Altenburg.

»Die 93. Nachher auf die 180, in Nobitz sind wir am Ziel.«

Henne nickte. Kreisverkehr in Altenburg, zweite Ausfahrt. »Zeit?«

»Noch vier Minuten«.

Henne bremste vor dem Eingang. Sie stürzten in die Halle. »Halten Sie den Start auf!«, schrie Henne eine Angestellte an und rannte weiter.

Verständnislos schaute ihm die Frau hinterher. Ein Verrückter, er musste gestoppt werden. Sie griff zum Telefon und alarmierte die Sicherheitskräfte.

Leonhardt redete verzweifelt auf sie ein. Die Frau war attraktiv, Gehirn fehlte ihr offensichtlich. Es dauerte eine Ewigkeit, ehe sie begriff und die Flugleitung informierte.

Zu spät, Markmanns Maschine stand startklar auf der Rollbahn. Henne, von zwei Sicherheitsleuten flankiert, gestikulierte wild, doch ohne Erfolg. Die Cessna setzte sich in Fahrt, wurde schneller und schneller und hob schließlich ab.

»Verdammter Mist«, fluchte Henne wütend. »Geben Sie gefälligst dem Zielhafen durch, sie sollen die Insassen festhalten.«

»Einfach so?«

»Der Mann wird gesucht, ein Schwerverbrecher«, pokerte Henne.

Einer der Männer sprach in sein Walkie-Talkie. Hennes Blick klebte an dem Flieger, Leonhardt trat zu ihm. Mit verschränkten Armen verfolgte er, wie die Cessna allmählich am Himmel verschwand.

Plötzlich ein Blitz, sie hörten den Knall, dann einen zweiten. Die Maschine kam ins Trudeln, dann schmierte sie ab. Eine schwarze Rußwolke hinter sich herziehend raste sie der Erde entgegen. Der Aufprall ließ die Menschen, die das Geschehen schockiert verfolgt hatten, zusammenzucken. Sie standen wie erstarrt, dann kam Leben in sie. Sirenen heulten, die Feuerwehr rückte aus. Geistesgegenwärtig sprang Henne auf das Löschfahrzeug auf.

»Komm nach!«, schrie er Leonhardt zu.

Am Unglücksort stießen sie auf die brennenden Trümmer. Von Überlebenden keine Spur. Henne gab dem Löschzugführer seine Kontaktdaten und wandte sich ab. Wenn sich Markmann finden ließ, würden sie ihn informieren.

Leonhardt war mit dem Wagen gefolgt. Müde und ausgelaugt stieg Henne ein.

»Was jetzt?«

»Zurück in die Direktion«, sagte er.

Beide waren schweigsam und froh, als sie die Polizeidirektion erreicht hatten. Henne hatte die gesamte Mannschaft erwartet, doch ihr Büro lag im Dunkeln.

»Kaffee?«, fragte Leonhardt und ging, ohne die Antwort abzuwarten, um die Kanne mit Wasser zu füllen.

»Du bist mir noch eine Erklärung schuldig«, sagte Henne, als er zurückkam.

»Kaum warst du weg, war hier der Teufel los. Zwei Aussagen, die Licht ins Dunkel bringen, und Schuster, der uns angewiesen hat, dir zu folgen.«

»Möchte wissen, was den dazu getrieben hat.«

»Er wird es dir verraten. Jedenfalls wusste er Bescheid.«

»Du hast von zwei Aussagen gesprochen. Was ist damit?«

»Du wirst es kaum glauben, es hat sich jemand gemeldet, der die Kleine erkannt hat.«

»Da bin ich wirklich gespannt.«

»Dorit Dingel, Sekretärin der Ausländerbehörde.«

»Da haben wir doch jeden befragt.«

»Die nicht.«

Henne hob fragend die Augenbrauen.

»Urlaub«, erklärte Leonhardt und setzte hinzu: »Jedenfalls hat sie sich gemeldet.«

»Gunsler wird es freuen, derart aufmerksame Mitarbeiter zu haben.«

»Irrtum, er wollte sie davon abhalten, zu uns zu kommen. Allerdings hat er keine glaubwürdige Erklärung liefern können. Sie hat erst mit sich gerungen, sich dann aber doch für uns entschieden.«

»Kluge Frau«, räumte Henne ein.

»Das ist noch nicht alles. Es gibt eine weitere Aussage. Ein Mann hat Mayer angezeigt.«

Henne pfiff anerkennend. Seine Laune besserte sich zusehends. Endlich hatte Mayer ein Problem am Hals. Er gönnte es ihm von Herzen.

»Wer ist denn der herzensgute Mensch?«

»Sein eigener Schwiegervater.«

»Donnerwetter!«

»Dieser ... warte mal, ich hab den Namen gleich.« Leonhardt kramte in den Papieren auf dem Tisch und las ab, »Grimmer. Lutz Grimmer, arbeitet wie Gunsler im Rathaus. Sie sind sogar befreundet.«

»Super.«

»Grimmer hat angegeben, sein verehrter Schwiegersohn hat Pascha regelmäßig mit Nutten beliefert.«

»Ich denke, der Markmann war das Schwein?«

»Das hat dieser Bodybuilder gesagt. Ich möchte lieber Grimmer glauben.«

»Pascha hat nur ausländische Pferdchen. Ich wette, Gunsler hängt mit drin.«

»Mayer schmort in der U-Haft. Wenn du willst, können wir ihn sofort vernehmen.«

Vergessen die müden Knochen, vergessen die Schmerzen und die Erschöpfung. Henne wollte Mayer vor sich haben, je eher, desto besser.

Mayer wirkte zehn Jahre älter als bei ihrer letzten Begegnung. Eine tiefe Falte zog sich von seinem linken Mundwinkel nach unten. Sein Blick war stumpf, sein Kampfwille jedoch ungebrochen. Er würdigte Henne keines Blickes, als er von einem Polizisten vorgeführt wurde.

»So trifft man sich wieder.« Henne lächelte grimmig.

»Kommen Sie zur Sache!«

»Warum? Haben Sie es eilig?«

Mayer knurrte etwas, das wie Flitzpiepe klang. Henne hörte darüber hinweg.

»Nun, Mayer? Wollen Sie wirklich für den sogenannten Boss die Kohlen aus dem Feuer holen?«

»Sie haben ja gewaltig herumgeschnüffelt.«

»Das ist mein Job.«

Mayer verzog geringschätzig den Mund. »Immer treu gedient, was?«

»Meine Auffassung von Ehre und Anstand steht hier nicht zur

Debatte«, bemerkte Henne trocken. »Ich erwarte nicht, dass Ihnen Ihr Diensteid das Geringste bedeutet.«

»Sie unterschätzen mich«, wehrte sich Mayer aufgebracht. »Ich habe jahrelang meine Arbeit getan. Bei Wind und Wetter auf der Straße, später mühsam hochgedient. Nachts und an den Wochenenden Überstunden und oftmals Doppelschichten.«

»Das gehört dazu.«

»Wofür? Für ein paar lumpige Euros. Danke schön!«

Henne fand die Bezüge der Polizisten keineswegs lumpig. Jeder Arbeiter hätte gern getauscht. Sinnlos, Mayer damit zu kommen. Dem wäre selbst ein sechsstelliges Jahreseinkommen zu gering.

»Dann kam Markmann«, setzte Mayer hinzu. »Staunen Sie ruhig, es ist tatsächlich der Oberstaatsanwalt.«

»Das wissen wir bereits.«

»So? Na gut, dann dürfte Ihnen auch bekannt sein, dass Markmann der Drahtzieher hinter allem gewesen ist.«

»Natürlich wollen Sie sich reinwaschen«, provozierte Henne.

»Keineswegs. Ich bleibe dabei, Markmann hat den Ring aufgezogen. Gunsler sollte mich anrufen, wenn hübsche Mädchen bei ihm auftauchen. Ich habe sie abgeholt und zu Pascha geschafft. Paschas Gewinn wurde geteilt.«

Henne und Leonhardt wechselten einen schnellen Blick. Leonhardt verstand und eilte hinaus, um dafür zu sorgen, dass Gunsler und Pascha kassiert wurden.

»Warum musste das Mädchen sterben?«, nahm Henne das Verhör wieder auf.

»Sie ist abgehauen, wollte quatschen. Da hat Markmann dafür gesorgt, dass sie es nicht konnte.«

Victor hatte also die Wahrheit gesagt. Markmann hatte sich zwar nicht selbst die Finger schmutzig gemacht, aber er war ebenso schuldig. Plötzlich passte alles zusammen.

»Ich hoffe, Markmann sitzt neben mir auf der Anklagebank.«

»Keine Chance.«

»Sie wollen ihn entkommen lassen?«, empörte sich Mayer.

»Er ist tot.«

»Erzählen Sie das Ihrem Großvater.«

»Ein Flugzeugunglück. Es geschah, als er sich absetzen wollte.«

Mayer schüttelte traurig den Kopf. »Das schöne Geld.«

»Wie meinen Sie das?«

»Denken Sie, Markmann hätte die Moneten bei der Sparkasse deponiert? Nee, der hatte kein Vertrauen zu Banken. Alles im Tresor zu Hause. Ohne das Geld wäre er nie abgehauen.«

Die Männer von der Spurensicherung waren längst zur Unfallstelle unterwegs. Wenn es stimmte, was Mayer sagte, mussten sie das Geld oder zumindest Rückstände davon finden.

Henne schrieb das Vernehmungsprotokoll, doch Mayer weigerte sich, es zu unterschreiben.

»Egal«, meinte Henne und gab dem an der Tür wartenden Polizisten einen Wink. Mayer wurde abgeführt.

Erschöpft lehnte sich Henne zurück. Er reckte sich und stöhnte, als ihn seine Muskelschmerzen an das Geschehene erinnerten. Mit hinter dem Kopf verschränkten Armen saß er eine Zeit lang einfach nur da und schaute aus dem Fenster. Ein vielversprechender Tag neigte sich dem Ende zu. Der Himmel war zugezogen. Es hatte ein leichter Nieselregen eingesetzt. Die Tropfen malten Pünktchen auf die staubigen Fensterscheiben, vereinten sich zu winzigen Rinnsalen und bildeten Muster, in denen sich Hennes Gedanken fingen.

So fand ihn Uta Trettau, als sie eine Stunde später ins Zimmer trat.

»Wollen Sie wissen, wie es Kienmanns Tochter geht?«

Henne fand in die Gegenwart zurück. »Klar.«

»Sie ist wohlauf. Ein Schock, das war zu vermuten, doch sie hat sich gefangen. Ein tapferes Mädel.«

»Will sie mich sehen?«

»Später vielleicht, jetzt braucht sie erst einmal Ruhe.«

»Ihr Vater wird mir den Kopf abreißen.«

»Er weiß längst alles.«

»Haben Sie es ihm gesagt?«

»Wo denken Sie hin! Lulu hatte ihn eingeweiht.«

»Und Sie? Haben Sie es auch gewusst?«

»Ich bin Polizistin, damit stehe ich unter Schweigepflicht.«

»Reden Sie keinen Quatsch.«

Uta zwinkerte ihm zu. »Sie sind mein Held, vergessen Sie das nicht. Haben Sie schon das Protokoll geschrieben?«

»Wegen Mayer? Gewiss.«

»Ich meine den Verletzten, den Sie festgenommen haben.«

»Schwierige Sache.« Der Einsatz einer Waffe wurde jedes Mal streng untersucht. Es gab nur wenige Gründe, die ihn rechtfertigten.

»Wissen Sie, was mir mein Onkel als Erstes beigebracht hat?«

Henne wusste es nicht.

»Als Chef will man Erfolge sehen. Wie sie errungen wurden, ist nur manchmal wichtig.«

»Schau mal einer an.«

»Keine Bange, ich habe gesehen, dass es Notwehr war.«

Henne knurrte. Das fehlte noch, dass Uta ihm zuliebe eine falsche Aussage machte.

»Das hab ich überhört.«

»Ein Verbrecher muss nach der Festnahme nur noch nicken können. Das ist das Zweite, was mich mein Onkel gelehrt hat. Übrigens habe ich es wirklich gesehen. Ich habe durch das Fenster gelinst.«

»Herzlichen Glückwunsch, Sie Voyeurin.«

»Lachen Sie ruhig«, entgegnete Uta. »Die Soko stand hilflos draußen herum, das Gebäude war umzingelt, doch niemand außer Hagen traute sich hinein. Ich wollte Ihnen durchs Fenster zu Hilfe kommen.«

Sie nannte Leonhardt schon beim Vornamen, registrierte Henne und erwiderte: »Besten Dank. Jetzt aber raus damit! Woher wussten Sie, wo ich war?«

»Mein Onkel hat uns instruiert. Wir sollten dafür sorgen, dass weder Ihnen noch Luise Kienmann auch nur ein Haar gekrümmt wird. Also haben wir Ihnen einen talentierten Kollegen hinterher geschickt. Sie kennen ihn, Frank Diener.«

»Aber warum?«

»Fragen Sie den Alten.«

»Dieser Satansbraten«, sagte Henne, doch es klang verdächtig liebevoll.

»Danken Sie ihm und dem Jungen.«

»Wem?«

»So ein Dreikäsehoch. Er heulte nach einem Eis, Sie haben es ihm wohl versprochen. Hagen hat es ihm gekauft, da hat der Junge uns gesagt, wo Sie sind.«

»Gute Arbeit«, lobte Henne. »Ich bin stolz auf Sie.«

Uta nickte zufrieden und schob ihm den Vordruck zu. »Ich schlage vor, Sie erledigen den Papierkram sofort. Gibt sonst unnötige Fragen.« Eine Anspielung auf die Vorschriften.

Henne wusste nicht, was er sagen sollte. Er fand Uta schwer in Ordnung.

Er füllte den Bogen aus, dann machte er sich an den Abschlussbericht. Nach einer Stunde klappte er zufrieden die Akte zu. Es gab nur noch eines zu tun. Er musste Kienmann gestehen, was Lulu widerfahren war. Das war er dem Freund schuldig, oder er würde ihm nie wieder in die Augen sehen können.

Die Nacht war Hennes Feind. Er fand keinen Schlaf. Mit offenen Augen lag er zwischen den Laken und grübelte.

Der Fall war gelöst. Er sollte zufrieden sein, doch er war es nicht.

Erika hatte sich nicht gemeldet. Kein Brief, keine SMS, keine Nachricht auf dem Anrufbeantworter. Dabei sehnte er sich mehr denn je nach ihr. Er vermisste sie, ihr Lachen, ihre Sorge, ihre Liebe.

Suchend strich seine Hand über die Stelle neben ihm, an der sonst Erika lag, die Decke bis übers Kinn gezogen, dass nur ihr blondes Wuschelhaar herauslugte.

Dschingis hatte die Bewegung gespürt und tappte ans Bett. Er schob die Schnauze neben Hennes Schulter und stupste ihn an.

»Ich weiß, mein Kleiner«, flüsterte Henne. »Dir fehlt sie auch.« Dann konnte er die Tränen nicht länger zurückhalten.

Er war froh, als es dämmerte. Er stand auf und duschte ausgiebig. Sein Körper war mit blauen Flecken übersät, er achtete nicht darauf. Die Narbe stach wie immer rot aus dem blassen Gesicht, es kümmerte ihn nicht.

Er gönnte sich zwei große Tassen schwarzen Kaffee, dazu eine Scheibe Toast. Der Kühlschrank war leer, er hatte vergessen, einzukaufen. Er würgte den Toast trocken hinunter.

Im Wohnzimmer holte er Lissy aus dem Futteral und setzte die Teile zusammen. Er blies die ersten Töne, spielerisch, suchend, bis sie wie von selbst zu einer Melodie zusammenfanden. Er schloss die Augen. Das Saxophon schluchzte und sang, frohlockte und lachte, mal langsam, mal schnell. Er ließ der Musik ihren Lauf. *Hope of deliverance, hope of deliverance from the darkness that surrounds us.* Der Rhythmus nahm ihn gefangen, er gab sich hin, und allmählich löste sich der Knoten in seinem Inneren.

Eine gute Stunde später wartete Dschingis an der Tür. Zeit für die Morgenrunde. Henne schnappte sich die Leine. Dschingis wedelte freudig mit dem Schwanz. Sie dehnten die Runde weiter als gewöhnlich aus. Nach drei Stunden kehrten sie zurück. Henne grauste vor dem langen Sonntag. Er beschloss, es mit Lesen zu versuchen, doch er konnte sich nicht konzentrieren. Er schaltete den Fernseher ein, das Programm ödete ihn an. Es gab nur eine Möglichkeit, der bedrückenden Stimmung in der Wohnung zu entfliehen. Willy stand gewiss wie jeden Tag in der Roten Emma hinterm Tresen. Ihm konnte er sein Herz ausschütten.

SIEBZEHN

Die Woche begann wie jede andere auch. Aufstehen, Kaffee trinken, Dschingis ausführen und ab ins Büro.

Der Parkplatz war voll. Henne suchte sich eine Lücke in einer Nebenstraße hinter dem Johannapark. Er musste einen Umweg nehmen. Die Lassallestraße war gesperrt. Filmaufnahmen. Grelle Standscheinwerfer erhellten den Fußweg am Park, ein Mann lag auf dem Boden, umringt von mehreren Personen. Henne erkannte einen davon. Ein berühmter Schauspieler, er gab den Kommissar in einer Krimiserie, erfolgreich natürlich, was sonst.

Henne lächelte mitleidig. Die Filme waren Welten von der Realität entfernt.

Er wich auf die Ebertstraße aus. Radfahrer überholten ihn. Gewöhnlich hätte er auf sie geschimpft. Reichte es nicht, dass es einen Radweg gab? Mussten sie den Fußweg nehmen? Diesmal blieb er gelassen.

Er querte die Ampel am Martin-Luther-Ring. Sein Blick streifte das Rathaus. Wie konnte ein so schönes Gebäude so viel Unrat bergen, dachte er, um sich gleich darauf zu trösten. Seine Stadt war nicht schlechter als andere. Es kam auf die Menschen an, die hier lebten. Zum Glück war die überwiegende Mehrheit ehrlich, hilfsbereit und vertrauenswürdig. Rathausmitarbeiter inbegriffen, Ausnahmen gab es überall.

Die Ampel schaltete auf Grün, und er lief über die Straße. Vor der Polizeidirektion stutzte er. War das ein Trugbild, ausgelöst durch die durchwachte Nacht? Eine Sinnestäuschung? Nichts dergleichen. Es war tatsächlich Erika, die ihm entgegenstrahlte.

»Es tut mir leid«, wisperte sie und fiel ihm um den Hals. Er stand wie erstarrt. Unvermittelt besann er sich und drückte sie an sich. Er wollte sie nie wieder loslassen.

Hope of deliverance, summte es in ihm. Er hatte gehofft, jetzt wurde er erlöst. Die Dunkelheit war vorbei, endlich.

»Ich liebe dich«, flüsterte er rau und vergrub das Gesicht in ihrem Haar.

»Du vergibst mir also?«

»Was sonst? Ich bin ohne dich verloren.«

Erika machte sich frei. »Wenn du heute nach Hause kommst, werde ich da sein.«

»Eisbein mit Sauerkraut?«

»Was immer du willst.«

Henne schnalzte zufrieden. »Dich und danach ein anständiges Essen.«

Erika lachte, dann schritt sie davon. Kurz vor der Ecke drehte sie sich noch einmal um und warf ihm eine Kusshand zu.

Beschwingt öffnete Henne die Eingangstür. Gitta, einen moosgrünen Monsterturm auf dem Haupt, zwinkerte ihm verschwörerisch zu und reckte den Daumen in die Höhe. Sie wusste also Bescheid. Weiber!

Kopfschüttelnd lief er die Treppe hinauf, immer zwei Stufen auf einmal nehmend. Er fühlte sich hervorragend.

»Du sollst sofort zum Alten kommen«, empfing ihn Leonhardt.

»Für einen Kaffee wird ja wohl noch Zeit sein.«

»Ich an deiner Stelle …«

»Schon gut, ich bin weg.«

Henne musste im Sekretariat warten.

»Herzlichen Glückwunsch«, raunte ihm Frau Blume zu, ein Ohr am Telefonhörer, die Hände an der Tastatur ihres Computers. Henne nickte dankend. Man sah ihm also an, dass sich Erika und er versöhnt hatten. Erst dann ging ihm auf, dass Frau Blume den Fall meinte.

»Kommen Sie, Heine!« Schuster winkte ihn ins Allerheiligste. »Kaffee? Wasser?«

Henne entschied sich für Kaffee. Als Frau Blume die Tasse füllte, bereute er es. Die Sekretärin war für ihren Kaffee berühmt, böse Zungen nannten es berüchtigt. Sie sparte, wo immer es ging, selbst beim Kaffee. Frau Blume kochte Blümchenkaffee. Henne schmunzelte, als ihm das Wortspiel durch den

Kopf ging. Dabei hatte die Bezeichnung »Blümchenkaffee« nichts mit dem Namen der Sekretärin gemein. Er stammte vielmehr aus der Zeit, in der Kaffeetassen inwendig mit Blümchenbildern verziert waren, die nur von tief gefärbten Getränken verborgen wurden.

»Schön, dass Sie guter Dinge sind«, interpretierte Schuster Hennes Gesichtsausdruck. »Zucker oder Milch?«

Henne lehnte ab. Er überwand sich und setzte die Tasse an die Lippen. Zumindest bekam er keinen Herzinfarkt, versuchte er dem Gebräu etwas Positives abzugewinnen.

»Frau Trettau hat mir berichtet.«

»Hoffentlich nur Gutes.« Henne versuchte, interessiert zu schauen.

»Keine Bange, Sie schwärmt geradezu von Ihnen. Aber zur Sache: Sie haben den Fall gelöst. Gute Arbeit, Heine.«

»Danke.«

»Wie gehen Sie jetzt vor?«

»Mayer hat gestanden. Gunsler muss noch vernommen werden. Pascha wird ebenfalls vorgeführt. Wenn sich Mayers Angaben bestätigen, wird den beiden Herren ebenso der Prozess gemacht.«

»Dieser Zuhälter hat es verdient, aber Herr von Gunsler?« Schuster wiegte den Kopf. »Ich habe Bedenken.«

»Wir werden sehen, ob er sich schuldig bekennt.«

»Es wird schwer, ihm Beihilfe nachzuweisen.«

»Ich tue mein Möglichstes.«

»Legal, Heine, denken Sie daran. Ich möchte keine schlechte Presse.«

Henne wäre beinah aus der Rolle gefallen und hätte schallend gelacht. Die Presse war das Letzte, was ihn bewegte. Schuster wusste das nur zu gut.

»Klar«, entgegnete er.

»Die Schlagzeilen dürften reizend sein.«

»Revierleiter als Mädchenhändler! Ich sehe es förmlich vor mir.« Henne konnte sich den Seitenhieb nicht verkneifen.

Schuster verstand nicht. Vielleicht wollte er es auch nicht. Er winkte ab. »Dass Markmann da mit drinhängen soll, wundert mich nicht. Ich habe mich immer gefragt, woher der das Geld für seine kostspieligen Hobbys hat.«

Schuster und Markmann kannten sich. Beide waren im Kriminalpräventiven Rat der Stadt eingebunden, einem Bündnis für Sicherheit und Ordnung, gegen Kriminalität und die Angst der Bevölkerung.

Markmann hatte kein Hehl aus seinem aufwendigen Lebensstil gemacht. Sein stutzerhaftes Auftreten mit Anzügen aus feinstem Zwirn, Manschettenknöpfen, Siegelring, Designerbrille, Hut und Gehstock war legendär. Dazu die Mitgliedschaften in diversen Clubs. Ob Golf, Tennis oder Segeln – Markmann war dabei. Da konnte Schuster mit seiner Tonpfeifensammlung nicht mithalten.

»Er hat seine Strafe bekommen«, entgegnete Henne. Tapfer schlürfte er den dünnen Kaffee.

»Nachschub?« Schuster wedelte mit der Kanne.

Erschrocken deckte Henne seine Tasse ab.

»Legen Sie mir die Ermittlungsakte vor, bevor sie an die Staatsanwaltschaft geht«, beendete Schuster das Gespräch.

Henne war entlassen.

»Eine Frage hätte ich noch«, sagte er, bevor er ging.

»Ja?«

»Woher wussten Sie, was ich vorhatte?«

»Ihre Falle? Kienmann hat mich unterrichtet.«

Schöner Freund, dachte Henne, doch er war ihm keineswegs böse.

Gemächlich lief er die Gänge zurück, die Hände in den Hosentaschen und »Hope of deliverance« pfeifend. Das Lied hatte sich in seinem Kopf eingenistet und ließ sich nicht mehr vertreiben. Paul McCartney lebe hoch, noch höher allerdings lebe Leonhardts Kaffee, und davon wollte er sich endlich eine richtig große Tasse gönnen.